BIBLIOTECA ADELPHI
348

DELLO STESSO AUTORE:
Storia dell'eternità

Jorge Luis Borges

STORIA UNIVERSALE DELL'INFAMIA

*Traduzione di Vittoria Martinetto
e Angelo Morino*

ADELPHI EDIZIONI

TITOLO ORIGINALE:
Historia universal de la infamia

© 1995 MARIA KODAMA
© 1997 ADELPHI EDIZIONI S.P.A. MILANO
ISBN 88-459-1332-5

INDICE

Prologo alla prima edizione   9
Prologo all'edizione del 1954   11

STORIA UNIVERSALE DELL'INFAMIA

L'atroce redentore Lazarus Morell   17
L'impostore inverosimile Tom Castro   28
La vedova Ching, piratessa   37
Il fornitore di iniquità Monk Eastman   46
L'assassino disinteressato Bill Harrigan   55
L'incivile maestro di cerimonie Kotsuke no Suke   62
Il tintore mascherato Hakim di Merv   69
Uomo all'angolo della casa rosa   78
Eccetera   90

Indice delle fonti   107
Nota al testo   109

PROLOGO ALLA PRIMA EDIZIONE

Gli esercizi di prosa narrativa che compongono questo libro furono eseguiti fra il 1933 e il 1934. Derivano, credo, dalle mie riletture di Stevenson e Chesterton ma anche dai primi film di von Sternberg e forse da una certa biografia di Evaristo Carriego. Abusano di alcuni procedimenti: le enumerazioni caotiche, la brusca soluzione di continuità, la riduzione dell'intera vita di un uomo a due o tre scene. (Questo intento visivo governa pure il racconto *Uomo all'angolo della casa rosa*). Non sono psicologici, né aspirano ad esserlo.

Quanto agli esempi di magia che chiudono il volume, non ho su di essi altro diritto che quello di traduttore e di lettore. A volte penso che i buoni lettori siano cigni ancor più tenebrosi e rari dei buoni autori. Nessuno potrà contestarmi che i brani attribuiti da Valéry al suo piuccheperfetto Edmond Teste valgono notoriamente meno di quelli di sua moglie e dei suoi amici.

Leggere, del resto, è un'attività successiva a quella di scrivere: più rassegnata, più civile, più intellettuale.

J.L.B.

Buenos Aires, 27 maggio 1935

PROLOGO ALL'EDIZIONE DEL 1954

Direi che è barocco quello stile che deliberatamente esaurisce (o si propone di esaurire) tutte le sue possibilità e sfiora la caricatura di se stesso. Invano Andrew Lang volle imitare, intorno al 1880, l'*Odissea* di Pope; l'opera era già una parodia di se stessa e il parodista non poté esasperarne la tensione. Barocco (*baroco*) è il nome di uno dei modi del sillogismo; il Settecento lo applicò a determinati abusi dell'architettura e della pittura del Seicento; io direi che è barocca la fase conclusiva di ogni arte, quando questa esibisce e dilapida i suoi mezzi. Il barocchismo è intellettuale e Bernard Shaw ha dichiarato che ogni lavoro intellettuale è umoristico. Questo umorismo è involontario nell'opera di Baltasar Gracián; volontario o accettato, in quella di John Donne.

Il titolo eccessivo di queste pagine già ne dichiara la natura barocca. Mitigarle avrebbe significato distruggerle; preferisco dunque, questa volta, invocare la sentenza *quod scripsi, scripsi* (*Giovanni*, 19, *22*) e ristamparle, a distanza di vent'anni, tali e quali. Sono l'irresponsabile gioco di un timido che non ha avuto il coraggio di scrivere racconti e che per svagarsi ha falsificato e distorto (talora senza alcuna giustificazione estetica) storie altrui. Da questi ambigui esercizi è passato alla laboriosa composizione di un vero e proprio racconto – *Uomo all'angolo della casa rosa* – che ha firmato col nome di un avo dei suoi avi, Francisco Bustos, e che ha avuto una sorte singolare e alquanto misteriosa.

In quelle pagine, che hanno un tono popolaresco, si noterà che ho intercalato alcune parole colte: viscere, conversioni, ecc. Se l'ho fatto è perché il guappo ha pretese di distinzione, oppure (questa ragione esclude l'altra, ma forse è quella vera) perché i guappi sono individui e non sempre parlano come il Guappo, che è una figura platonica.

I dottori del Grande Veicolo insegnano che la proprietà essenziale dell'universo è la vacuità. Per quanto riguarda quella minima parte dell'universo che è questo libro, hanno pienamente ragione. Patiboli e pirati lo affollano e la parola «infamia» dirompe nel titolo, ma sotto il clamore non c'è nulla. È solo apparenza, una superficie di immagini; per questo potrà forse piacere. L'uomo che l'ha composto era molto infelice, ma si è divertito a scriverlo; auguriamoci che qualche riflesso di quel piacere giunga ai lettori.

Nella sezione *Eccetera* ho inserito tre nuovi testi.

J.L.B.

STORIA UNIVERSALE
DELL'INFAMIA

I inscribe this book to S. D.: English, innumerable and an Angel. Also: I offer her that kernel of myself that I have saved, somehow – the central heart that deals not in words, traffics not with dreams and is untouched by time, by joy, by adversities.

L'ATROCE REDENTORE
LAZARUS MORELL

LA CAUSA REMOTA

Nel 1517 padre Bartolomé de Las Casas provò grande compassione per gli indiani che si sfinivano nei laboriosi inferni delle miniere d'oro delle Antille, e propose all'imperatore Carlo V l'importazione di negri che si sfinissero nei laboriosi inferni delle miniere d'oro delle Antille. A questa curiosa variazione di un filantropo dobbiamo infiniti eventi: i blues di Handy, il successo ottenuto a Parigi dal pittore e dottore uruguayano Pedro Figari, la buona prosa selvatica del pure uruguayano Vicente Rossi, la statura mitologica di Abraham Lincoln, i cinquecentomila morti della Guerra di Secessione, i tremilatrecento milioni spesi in pensioni militari, la statua dell'immaginario Falucho, l'inclusione del verbo *linchar* nella tredicesima edizione del *Diccionario de la Academia*, l'impetuoso film *Hallelujah*, la gagliarda carica alla baionetta guidata da Soler alla testa dei suoi «Negri e Mulatti» al Cerrito, la grazia

della signorina Tal dei Tali, il mulatto assassinato da Martín Fierro, la deplorevole rumba *El Manisero*, il napoleonismo arrestato e incarcerato di Toussaint Louverture, la croce e il serpente a Haiti, il sangue delle capre sgozzate dal machete del papaloi, la habanera madre del tango, il candombe.
Inoltre: la colpevole e magnifica esistenza dell'atroce redentore Lazarus Morell.

IL LUOGO

Il Padre delle Acque, il Mississippi, il fiume più vasto del mondo, fu il degno teatro di quell'impareggiabile canaglia. (Lo scoprì Alvarez de Pineda, e il primo a esplorarlo fu il capitano Hernando de Soto, antico conquistatore del Perù, che lenì i mesi di prigionia dell'inca Atahualpa insegnandogli il gioco degli scacchi. Alla sua morte, gli diedero sepoltura in quelle acque).
Il Mississippi è fiume dall'ampio petto; è un infinito e scuro fratello del Paraná, dell'Uruguay, del Rio delle Amazzoni e dell'Orinoco. È un fiume dalle acque mulatte; oltre quattrocento milioni di tonnellate di fango insultano annualmente il Golfo del Messico, in cui si riversano. Tanta immondizia venerabile e antica ha formato un delta, dove i giganteschi cipressi dei pantani si nutrono delle spoglie di un continente in perpetua dissoluzione e dove labirinti di fango, di pesci morti e di giunchi dilatano le frontiere e la pace

del suo fetido impero. Più a monte, all'altezza dell'Arkansas e dell'Ohio, si estendono altre terre basse. Le abita una stirpe giallastra di uomini sparuti, inclini alle febbri, che guardano con avidità le pietre e il ferro, perché fra di loro non c'è altro che sabbia e legna e acqua torbida.

GLI UOMINI

Agli inizi del diciannovesimo secolo (il periodo che ci interessa), nelle vaste piantagioni di cotone di quelle rive i negri lavoravano dall'alba al tramonto. Dormivano in baracche di legno, sulla nuda terra. A parte il rapporto madre-figlio, le parentele erano convenzionali e torbide. Avevano un nome, ma potevano prescindere dai cognomi. Non sapevano leggere. La loro voce in falsetto cantilenava intenerita un inglese dalle lente vocali. Lavoravano in fila, curvi sotto lo staffile del caposquadra. Fuggivano, e uomini dalla lunga barba saltavano su bei cavalli e forti cani da presa li braccavano.

A un sedimento di speranze bestiali e di paure africane avevano sovrapposto le parole della Scrittura: la loro fede era dunque quella di Cristo. Cantavano con tono profondo e in gruppo: *Go down Moses.* Il Mississippi offriva loro una magnifica immagine del sordido Giordano.

I proprietari di quella terra laboriosa e di quella massa di negri erano oziosi e avidi gentiluomini dalla lunga chioma, che abitavano grandi dimore affacciate sul fiume – tutte con un porticato pseudogreco di pino bianco. Un buono schiavo costava loro mille dollari e non durava molto. Alcuni erano tanto ingrati da ammalarsi e morire. Bisognava ottenere da quegli infidi il maggior rendimento possibile. Per questo li tenevano nei campi dal sorgere al calar del sole; per questo esigevano dai loro possedimenti un raccolto annuale di cotone o tabacco o zucchero. La terra, fiaccata e malmenata da quella coltura impaziente, diventava in pochi anni sterile: il deserto confuso e melmoso invadeva le piantagioni. Nei poderi abbandonati, nei sobborghi, nei canneti folti e nelle fangaie abiette vivevano i *poor whites*, la feccia bianca. Erano pescatori, cacciatori vagabondi, banditi. Mendicavano dai negri avanzi di cibo rubato, e nella loro degradazione conservavano un orgoglio: quello del sangue senza fuliggine, senza mescolanza. Lazarus Morell fu uno di questi.

L'UOMO

I dagherrotipi di Morell che compaiono sulle riviste americane non sono autentici. Questa carenza di genuine effigi di un uomo tanto memorabile e famoso non può essere casuale. È lecito supporre che Morell si sia negato alla lastra fotografica; essenzialmente per non lasciare inutili tracce, ma anche per alimentare il suo mistero... Sappiamo tuttavia che in gioventù non fu attraente e che gli occhi troppo vicini e le labbra sottili non predisponevano in suo favore. In seguito gli anni gli conferirono la peculiare maestà delle canaglie incanutite, dei criminali fortunati e impuniti. Malgrado l'infanzia miserabile e la vita ignominiosa, era un vecchio gentiluomo del Sud. Non ignorava le Scritture e predicava con singolare convinzione. «Lazarus Morell io l'ho visto sul pulpito,» annota il proprietario di una casa da gioco di Baton Rouge, Louisiana «e ho ascoltato le sue parole edificanti e ho visto i suoi occhi riempirsi di lacrime. Sapevo che era un adultero, un ladro di negri e un assassino al cospetto del Signore, ma anche i miei occhi hanno pianto».

Un'altra preziosa testimonianza di quelle sante effusioni è fornita dallo stesso Morell. «Aprii a caso la Bibbia, mi imbattei in un versetto di san Paolo che veniva a proposito e predicai per un'ora e venti minuti. Anche Crenshaw e i compagni non persero tempo, perché rubarono tutti i cavalli dell'uditorio. Li vendemmo nello Stato dell'Arkansas, tranne un baio molto vivace che riservai al mio uso personale. Piaceva pure a Crenshaw, ma io gli dimostrai che non gli serviva».

IL METODO

I cavalli rubati in uno Stato e venduti in un altro furono solo una digressione nella carriera criminale di Morell, ma prefigurarono il metodo che ora gli assicura un degno posto in una Storia Universale dell'Infamia. Metodo unico non solo per le circostanze sui generis che lo determinarono, ma anche per l'abiezione che richiede, per il funesto sfruttamento della speranza e per l'evolversi graduale, simile all'atroce dipanarsi di un incubo. Al Capone e Bugs Moran agiscono con illustri capitali e con mitra servili in una grande città, ma il loro operato è volgare. Si contendono un monopolio, tutto qui... Quanto a uomini, Morell arrivò a comandarne un migliaio, tutti vincolati da giuramento. Duecento di loro componevano il Gran Consiglio, e gli altri ottocento eseguivano gli ordini che questo promulgava. Il rischio toccava ai subalterni. In caso di ribellione venivano consegnati alla giustizia o gettati nel fiume impetuoso di grevi acque, con una pietra assicurata ai piedi. Spesso erano mulatti. La loro scellerata missione era la seguente:

Percorrevano – con qualche effimero lusso di anelli, per incutere rispetto – le vaste piantagioni del Sud. Individuavano un negro disperato e gli offrivano la libertà. Gli dicevano di fuggire dal suo padrone, così che loro potessero venderlo una seconda volta in qualche tenuta lontana. Allora gli avrebbero dato una percentuale sul prezzo della vendita e l'avrebbero aiutato a evadere di nuovo. Poi lo avrebbero portato in uno Stato libero. Denaro e libertà, sonanti dollari d'argento e insieme la libertà: quale più forte tentazione? Lo schiavo azzardava la prima fuga.

La via naturale era il fiume. Una canoa, la stiva di un battello a vapore, una scialuppa, una zattera vasta come un cielo con un capanno a un'estremità o alte tende di iuta; non aveva importanza il luogo, ma il sapersi in movimento, al sicuro sull'infaticabile fiume... Lo vendevano in un'altra piantagione. Di nuovo fuggiva nei canneti e nelle forre. Allora i terribili benefattori (di cui cominciava ormai a diffidare) adducevano vaghe spese e sostenevano di doverlo vendere un'ultima volta. A quel punto gli avrebbero dato la percentuale sulle due vendite e la libertà. L'uomo si lasciava vendere, lavorava per qualche tempo e nell'ultima fuga sfidava il pericolo dei cani da presa e delle frustate. Ritornava pieno di sangue, sudore, disperazione e sonno.

LA LIBERTÀ FINALE

Resta da considerare l'aspetto giuridico di questi fatti. Il negro non veniva messo in vendita dai sicari di Morell sino a quando il padrone originario non aveva denunciato la fuga e offerto una ricompensa a chi l'avesse trovato. Allora chiunque poteva tenerselo, e la sua ulteriore vendita era un abuso di fiducia, non un furto. Ricorrere alla giustizia civile era una spesa inutile, perché i danni non venivano mai pagati.

Tutto ciò era quanto mai rassicurante, ma non all'infinito. Il negro poteva parlare; il negro, semplicemente per riconoscenza o sventatezza, era capace di parlare. Qualche pinta di whisky di segala nel postribolo di El Cairo, Illinois, dove quel figlio di cagna nato schiavo sarebbe andato a scialacquare quei soldi che non avevano alcuna ragione di dargli, e avrebbe rivelato il segreto. In quegli anni, un Partito abolizionista agitava il Nord, una schiera di pazzi pericolosi che negavano la proprietà e predicavano la libertà dei negri incitandoli a fuggire. Morell non si sarebbe lasciato confondere con quegli anarchici. Non era uno yankee, era un uomo bianco del Sud figlio e nipote di bianchi, e sperava di potersi ritirare dagli affari e vivere come un gentiluomo e avere i suoi acri di campi di cotone e le sue curve file di schiavi. Con tutta la sua esperienza, non era disposto a correre rischi inutili.

Il fuggiasco aspettava la libertà. Allora i foschi mulatti di Lazarus Morell si trasmettevano un ordine che talvolta era solo un cenno e lo liberavano della vista, dell'udito, del tatto, del giorno, dell'infamia, del tempo, dei benefattori, della misericordia, dell'aria, dei cani, dell'universo, della speranza, del sudore e di se stesso. Una pallottola, una pugnalata a tradimento o un colpo di bastone, e le tartarughe e i barbi del Mississippi sarebbero stati gli unici a sapere.

LA CATASTROFE

In mano a uomini di fiducia, l'affare era destinato a prosperare. Agli inizi del 1834 una settantina di negri erano già stati « emancipati » da Morell, e altri si accingevano a seguire quei fortunati precursori. La zona delle operazioni si era ampliata ed era necessario accettare nuovi adepti. Fra quanti prestarono giuramento c'era un ragazzo dell'Arkansas, Virgil Stewart, che ben presto si distinse per la sua crudeltà. Questo ragazzo era nipote di un gentiluomo che aveva perso molti schiavi. Nell'agosto del 1834 violò il giuramento e denunciò Morell e gli altri. La casa di Morell a New Orleans fu circondata dalla polizia. Grazie a un'imprevidenza o a una mazzetta, Morell riuscì a scappare.

Passarono tre giorni. Morell rimase nascosto per tutto il tempo in una vecchia casa, dai cortili pieni di statue e rampicanti, in Toulouse Street. Pare che non mangiasse quasi nulla e che vagasse scalzo per le grandi stanze buie, fumando pensosi sigari. Tramite uno schiavo della casa fece recapitare due lettere alla città di Natchez e un'altra a Red River. Il quarto giorno tre uomini entrarono in casa e si fermarono a discutere con lui fino all'alba. Il quinto, Morell si alzò all'imbrunire, chiese un rasoio e si fece accuratamente la barba. Si vestì e uscì. Attraversò con lenta serenità i sobborghi a nord. Quando fu in aperta campagna, lungo le terre basse del Mississippi, accelerò il passo.

Il suo piano era di un'audacia da ubriachi. Morell contava di utilizzare gli ultimi uomini che ancora gli dovevano obbedienza: i servizievoli negri del Sud. Costoro avevano visto fuggire i loro compagni e non li avevano visti tornare. E dunque li credevano liberi. Il piano prevedeva la sollevazione generale dei negri, la presa e il saccheggio di New Orleans e l'occupazione del suo territorio. Umiliato e quasi sopraffatto dal tradimento, Morell meditava una risposta continentale: una risposta in cui il crimine si trasfigurasse fino a diventare redenzione e storia. A tal fine si diresse a Natchez, dove più radicata era la sua forza. Trascrivo il suo resoconto di quel viaggio:

«Marciai per quattro giorni prima di riuscire a trovare un cavallo. Il quinto feci una sosta presso un ruscello per rifornirmi d'acqua e riposare. Ero seduto su un tronco, intento a osservare il percorso compiuto in quelle ore, quando vidi avvicinarsi un uomo su un cavallo scuro di buona razza. Non appena lo avvistai, decisi di prendergli il cavallo. Mi alzai, gli puntai contro una bella pistola a tamburo e gli dissi di scendere. Lui obbedì e io presi le redini con la sinistra, gli indicai il ruscello e gli ordinai di camminare dritto davanti a sé. Fece circa duecento passi e si fermò. Gli ordinai di spogliarsi. Mi disse: "Visto che ha già deciso di ammazzarmi, mi lasci almeno pregare prima di morire". Gli risposi che non avevo tempo di ascoltare le sue preghiere. Cadde in ginocchio e gli piantai una pallottola nella nuca. Gli squarciai il ventre, gli strappai le viscere e lo gettai nel ruscello. Poi frugai nelle tasche e trovai quattrocento dollari e trentasette centesimi e un mucchio di carte che non persi tempo a guardare. I suoi stivali erano nuovi di zecca e mi andavano bene. I miei, che erano molto logori, li gettai nel ruscello.

«Così mi procurai il cavallo che mi occorreva per entrare a Natchez».

L'INTERRUZIONE

Morell alla guida di folle di negri che sognavano di impiccarlo, Morell impiccato da eserciti di negri che sognava di guidare – mi duole confessare che la storia del Mississippi non colse tali magnifiche opportunità. A dispetto di ogni giustizia poetica (o simmetria poetica), neppure il fiume dei suoi crimini fu la sua tomba. Il 2 gennaio del 1835, Lazarus Morell morì di congestione polmonare all'ospedale di Natchez, dove si era fatto ricoverare sotto il nome di Silas Buckley. Un compagno di corsia lo riconobbe. Il 2 e il 4 gennaio gli schiavi di certe piantagioni tentarono una sollevazione, che fu stroncata senza troppo spargimento di sangue.

L'IMPOSTORE INVEROSIMILE
TOM CASTRO

Gli do questo nome perché con questo nome fu noto in ogni angolo di Talcahuano, di Santiago del Cile e di Valparaíso intorno al 1850, ed è giusto che lo assuma di nuovo ora che fa ritorno in queste terre – sia pure in qualità di semplice fantasma e di passatempo del sabato.[1] L'anagrafe di Wapping lo chiama Arthur Orton e lo registra alla data del 7 giugno 1834. Sappiamo che era figlio di un macellaio, che la sua infanzia conobbe l'insulsa miseria dei quartieri poveri di Londra e che sentì il richiamo del mare. Il fatto non è insolito. *Run away to sea*, fuggire verso il mare, è per gli inglesi la tradizionale infrazione dell'autorità paterna, l'eroica avventura iniziatica. La geografia la raccomanda, e persino la Scrittura: «Coloro che solcavano il mare sulle

1. La metafora mi serve per ricordare al lettore che queste biografie infami sono apparse nel supplemento del sabato di un quotidiano della sera.

navi e commerciavano sulle grandi acque, videro le opere del Signore, e i suoi prodigi nel mare profondo» (*Salmi*, 107, *23-24*). Orton fuggì dal suo deplorevole sobborgo rosa fuligginoso, scese al mare su una nave, contemplò con l'abituale delusione la Croce del Sud e, giunto nel porto di Valparaíso, disertò. Era un uomo di placida idiozia. A rigor di logica avrebbe potuto (e dovuto) morire di fame, ma la sua confusa giovialità, il suo eterno sorriso e la sua infinita mitezza gli valsero il favore di una certa famiglia Castro, di cui adottò il nome. Di tale episodio sudamericano non rimangono tracce, ma la sua gratitudine non si attenuò, giacché ricompare nel 1861 in Australia con lo stesso nome: Tom Castro. A Sydney conobbe un certo Bogle, un domestico negro. Bogle, senza essere bello, aveva quell'aria quieta e monumentale, quella solidità da opera d'ingegneria che hanno i negri carichi di anni, di adipe e di autorità. Aveva un'altra qualità, che taluni manuali di etnografia hanno negato alla sua razza: il colpo di genio. Ne avremo in seguito la prova. Era un uomo morigerato e ammodo, in cui l'uso e l'abuso del calvinismo avevano opportunamente corretto atavici appetiti africani. A parte le visite del dio (che descriveremo più avanti) era un uomo assolutamente normale, con l'unica singolarità di un pudico e lungo timore che lo bloccava agli incroci, diffidente dell'Est, dell'Ovest, del Sud e del Nord, e del violento veicolo che avrebbe messo fine ai suoi giorni.

Orton lo vide una sera a Sydney, a un decrepito angolo di strada, mentre si faceva coraggio per affrontare l'immaginaria morte. Dopo averlo guardato a lungo gli offrì il braccio, e insieme attraversarono impauriti la strada inoffensiva. Da quell'istante di una sera ormai defunta si stabilì un protettorato: quello del negro incerto e monumentale sull'obeso semplicione di Wapping. Nel settembre del 1865 entrambi lessero su un quotidiano locale un desolato annuncio.

IL MORTO IDOLATRATO

Negli ultimi giorni di aprile del 1854 (mentre Orton provocava le effusioni dell'ospitalità cilena, grande come i suoi cortili) il vapore *Mermaid*, proveniente da Rio de Janeiro e diretto a Liverpool, naufragò nelle acque dell'Atlantico. Fra coloro che perirono c'era Roger Charles Tichborne, un militare inglese educato in Francia, primogenito di una delle maggiori famiglie cattoliche d'Inghilterra. Può sembrare inverosimile, ma la morte di questo giovane infrancesato, che parlava inglese col più bell'accento di Parigi e risvegliava quel particolare astio che solo l'intelligenza, il garbo e la pedanteria dei francesi sanno suscitare, fu un evento capitale nel destino di Orton, che non l'aveva mai visto. Lady Tichborne, disperata madre di Roger, rifiutò di credere alla sua morte e pubblicò sconsolati annunci sui giornali di maggiore diffusione. Uno di questi annunci finì nelle mani morbide e funebri del negro Bogle, che concepì un piano geniale.

LE VIRTÙ DELLA DISSOMIGLIANZA

Tichborne era uno snello gentiluomo dall'aria affettata, con i lineamenti sottili, la carnagione scura, i capelli neri e lisci, gli occhi vivaci e il linguaggio di un'irritante precisione; Orton era uno zotico patentato, dall'ampio addome, lineamenti di un'infinita vaghezza, pelle che tendeva al lentigginoso, capelli ricci e castani, occhi assonnati e conversazione inesistente o confusa. Bogle si inventò che era dovere di Orton imbarcarsi sul primo vapore per l'Europa e realizzare le speranze di Lady Tichborne dichiarando di essere suo figlio. Il piano era di un'insensata ingegnosità. Porto un facile esempio. Se nel 1914 un impostore avesse preteso di farsi passare per l'Imperatore di Germania, avrebbe per prima cosa riprodotto i baffi a manubrio, il braccio inerte, il cipiglio autoritario, il mantello grigio, l'illustre petto coperto di decorazioni e l'elmetto a punta. Bogle era più sottile: avrebbe presentato un Kaiser imberbe, privo di attributi militari e aquile onorifiche, e col braccio sinistro indubitabilmente sano. Inutile insistere nella metafora; sappiamo che presentò un Tichborne molle, con un amabile sorriso da imbecille, i capelli castani e un'inarrivabile ignoranza della lingua francese. Bogle sapeva che realizzare una copia perfetta dell'agognato Roger Charles Tichborne era impossibile. Ma sapeva anche che tutte le affinità che fossero riusciti a ottenere non avrebbero fatto altro che mettere in rilievo le inevitabili differenze. Rinunciò quindi a ogni somiglianza. Intuì che l'enormità stessa della pretesa sarebbe stata una prova convincente del fatto che non si trattava di un raggiro, giacché nessuno avrebbe mai trascurato così palesemente le caratteristiche più semplici e persuasive. Non bisogna neppure dimenticare l'onnipotente collaborazione del tempo: quattordici anni di emisfero australe e di vicissitudini possono cambiare un uomo.

Altro motivo fondamentale: i reiterati e insensati annunci di Lady Tichborne dimostravano la sua assoluta certezza che Roger Charles non fosse morto, e il suo desiderio di riconoscerlo.

L'INCONTRO

Tom Castro, sempre sollecito, scrisse a Lady Tichborne. Per provare la sua identità invocò l'inconfutabile prova di due nèi situati sulla mammella sinistra e di un episodio della sua infanzia, così doloroso e per ciò stesso così memorabile, quando era stato assalito da uno sciame d'api. La lettera era breve e, a immagine di Tom Castro e di Bogle, scevra da scrupoli ortografici. Nell'imponente solitudine di un albergo parigino, la dama la lesse e la rilesse tra lacrime felici, e in pochi giorni trovò i ricordi che il figlio le chiedeva.

Il 16 gennaio del 1867 Roger Charles Tichborne si fece annunciare in quell'albergo. Lo precedeva il suo rispettoso domestico, Ebenezer Bogle. Era una giornata d'inverno piena di sole; gli occhi stanchi di Lady Tichborne erano velati di pianto. Il negro spalancò le finestre. La luce agì da maschera: la madre riconobbe il figliol prodigo e gli aprì le braccia. Ora che lo aveva davvero accanto a sé, poteva fare a meno del diario e delle lettere che lui le aveva mandato dal Brasile: semplici riflessi adorati che avevano nutrito la sua solitudine per quattordici lugubri anni. Gliele restituiva con orgoglio: non ne mancava neppure una.

Bogle sorrise con grande discrezione: il placido fantasma di Roger Charles sapeva ormai dove documentarsi.

AD MAJOREM DEI GLORIAM

Quel felice riconoscimento – che sembra compiersi nella tradizione delle tragedie classiche – avrebbe dovuto coronare questa storia lasciandosi dietro tre felicità assicurate o quanto meno probabili: quella della vera madre, quella del figlio apocrifo e compiacente, quella del cospiratore ricompensato dalla provvidenziale apoteosi della sua macchinazione. Il Destino (è questo il nome che diamo all'infinita opera incessante di migliaia di cause rimescolate) non volle così. Lady Tichborne morì nel 1870 e i parenti intentarono causa contro Arthur Orton per usurpazione di persona. Sprovvisti di lacrime e di solitudine, ma non di cupidigia, non avevano mai creduto al figliol prodigo obeso e quasi analfabeta così intempestivamente riemerso dall'Australia. Orton contava sull'appoggio degli innumerevoli creditori che, nella speranza di essere pagati, avevano deciso che lui era Tichborne.

Contava anche sull'amicizia dell'avvocato di famiglia, Edward Hopkins, e su quella dell'antiquario Francis J. Baigent. Ma non era sufficiente. Bogle pensò che per vincere la partita era imprescindibile l'appoggio di una forte corrente popolare. Chiese la tuba e l'impeccabile ombrello e andò a cercare ispirazione per le dignitose strade di Londra. Era l'imbrunire; Bogle vagò finché una luna color miele non si sdoppiò nell'acqua rettangolare delle fontane pubbliche. Il dio lo visitò. Bogle fermò una carrozza e si fece condurre all'appartamento dell'antiquario Baigent. Questi inviò al «Times» una lunga lettera in cui si asseriva che il presunto Tichborne era uno sfacciato impostore. La firmava padre Goudron, della Compagnia di Gesù. Seguirono altre denunce, tutte papiste. Il loro effetto fu immediato: la brava gente non poté fare a meno di pensare che Sir Roger Charles era vittima di un abominevole complotto dei gesuiti.

LA CARROZZA

Il processo durò centonovanta giorni. Un centinaio di testimoni giurò che l'accusato era proprio Tichborne – e fra questi, quattro compagni d'arme del 6° reggimento dei dragoni. I suoi sostenitori non si stancavano di ripetere che non era un impostore, perché se lo fosse stato avrebbe fatto in modo di imitare i ritratti giovanili del suo modello. Inoltre Lady Tichborne l'aveva riconosciuto, ed è noto che una madre non sbaglia. Tutto andò bene, o più o meno bene, sinché non si presentò alla sbarra per testimoniare una vecchia amante di Orton. Bogle non si lasciò impressionare da questa perfida manovra dei «parenti»; chiese tuba e ombrello e andò a implorare una terza illuminazione per le dignitose strade di Londra. Non sapremo mai se la trovò. Il terribile veicolo che lo inseguiva dal fondo degli anni lo raggiunse poco prima di Primrose Hill. Bogle lo vide arrivare e lanciò un grido, ma non riuscì a mettersi in salvo. Fu scagliato con violenza contro il selciato. I turbinosi zoccoli del ronzino gli spaccarono il cranio.

LO SPETTRO

Tom Castro era il fantasma di Tichborne, ma un povero fantasma abitato dal genio di Bogle. Allorché gli dissero che questi era morto, si sentì annientato. Continuò a mentire, ma con scarso entusiasmo e con assurde contraddizioni. La fine era facile da prevedere.

Il 27 febbraio del 1874 Arthur Orton alias Tom Castro fu condannato a quattordici anni di lavori forzati. In carcere si fece voler bene da tutti; era il suo mestiere. La sua condotta esemplare gli valse una riduzione di quattro anni. Quando quest'ultima ospitalità – quella della prigione – venne a mancare, percorse i villaggi e le città del Regno Unito tenendo brevi conferenze nelle quali si proclamava innocente o si dichiarava colpevole. La sua modestia e il suo desiderio di piacere erano così tenaci che molte sere cominciò col difendersi e finì col confessare, sempre assecondando gli umori del pubblico.

Morì il 2 aprile del 1898.

LA VEDOVA CHING, PIRATESSA

La parola «corsare» rischia di suscitare un ricordo vagamente increscioso: quello di un'ormai scolorita operetta, con le sue teorie di riconoscibili cameriere nel ruolo di piratesse coreografiche su mari di evidente cartone. E tuttavia ci sono state corsare: donne esperte nelle manovre marinare, nel comando di ciurme bestiali e nell'inseguimento e saccheggio di navi d'alto bordo. Una di queste fu Mary Read, la quale dichiarò una volta che la professione di pirata non era alla portata di tutti, e che per esercitarla con dignità bisognava essere un uomo valoroso, come lei. Ai rudi inizi della sua carriera, quando ancora non era capitana, uno dei suoi amanti venne insultato dal gradasso dell'equipaggio. Mary lo sfidò a duello, e si batté con lui a due mani, secondo l'antica usanza delle isole del Mar dei Caraibi: il profondo e precario pistolone nella mano sinistra, la sciabola fedele nella destra. Il pistolone fallì, ma la sciabola si comportò egregiamente... Verso il 1720 la perigliosa carriera di Mary Read fu interrotta da una forca spagnola, a Santiago de la Vela (Giamaica).

Un'altra piratessa di quei mari fu Anne Bonney, una sfolgorante irlandese dai seni sodi e dalla chioma di fuoco, che più di una volta rischiò il suo corpo nell'arrembaggio delle navi. Fu compagna d'armi di Mary Read, e da ultimo di forca. In questa cerimonia anche il suo amante, il capitano John Rackam, ebbe il suo nodo scorsoio. Anne, sprezzante, se ne uscì con quest'aspra variante del rimprovero rivolto da Aisha a Boabdil: «Se ti fossi battuto come un uomo, adesso non ti impiccherebbero come un cane».

Un'altra, più fortunata e longeva, fu una piratessa che operò nelle acque dell'Asia, dal Mar Giallo sino ai fiumi della frontiera dell'Annam. Parlo dell'agguerrita vedova di Ching.

GLI ANNI DI APPRENDISTATO

Verso il 1797, gli azionisti delle numerose squadre piratesche di quel mare fondarono un consorzio e nominarono ammiraglio un certo Ching, uomo avveduto e amante della giustizia. Questi fu così severo ed esemplare nel saccheggio delle coste che gli atterriti abitanti implorarono con doni e lacrime l'intervento imperiale. La loro toccante richiesta non rimase inascoltata: ricevettero l'ordine di incendiare i loro villaggi, di dimenticare la loro attività di pescatori, di emigrare nell'entroterra e di imparare una scienza sconosciuta chiamata agricoltura. Così fecero, e i frustrati invasori non trovarono che coste deserte. Dovettero dunque dedicarsi all'assalto delle navi: razzia ancor più nociva delle precedenti, perché disturbava seriamente il commercio. Il governo imperiale non ebbe esitazioni e ordinò agli antichi pescatori di abbandonare l'aratro e il giogo e di riprendere remi e reti. Fedeli all'antica paura, costoro si ammutinarono, e le autorità ricorsero a una diversa soluzione: nominare l'ammiraglio Ching capo delle Scuderie Imperiali. Questi era sul punto di lasciarsi corrompere. Gli azionisti lo vennero a sapere in tempo, e il loro virtuoso sdegno si tradusse in un piatto di bruchi avvelenati, cotti con il riso. La leccornia si rivelò fatale: l'antico ammiraglio e novello capo delle Scuderie Imperiali rese l'anima alle divinità del mare. La vedova, trasfigurata dal doppio tradimento, riunì i pirati, spiegò loro l'intricato caso e li spinse a rifiutare sia la clemenza fallace dell'imperatore sia gli ingrati servigi degli azionisti inclini ai veleni. Propose loro di abbordare navi in proprio e di eleggere un nuovo ammiraglio. Fu lei la prescelta. Era una donna nodosa, dagli occhi assonnati e dal sorriso cariato. I capelli nerissimi e unti splendevano più degli occhi.

    Ai suoi pacati ordini, le navi si lanciarono verso il pericolo e l'alto mare.

Seguirono tredici anni di metodica avventura. La flotta era formata da sei squadriglie, che battevano bandiere di diverso colore: la rossa, la gialla, la verde, la nera, la viola e quella col serpente della nave ammiraglia. I capi si chiamavano Uccello e Pietra, Castigo dell'Acqua del Mattino, Gioiello dell'Equipaggio, Onda con Molti Pesci e Sole Alto. Il regolamento, steso dalla vedova Ching in persona, è di un'inappellabile severità, e il suo stile asciutto e laconico evita le illanguidite fioriture retoriche che conferiscono una alquanto illusoria maestà alla prosa cinese ufficiale, di cui offriremo in seguito qualche allarmante esempio. Ne trascrivo alcuni articoli:

«Tutti i beni provenienti da navi nemiche saranno trasferiti in un deposito e ivi registrati. A ogni pirata verrà poi rimessa la quinta parte del suo bottino; il resto rimarrà nel deposito. Chi viola questa disposizione sarà punito con la morte.

«Il pirata che abbandona il suo posto senza un permesso speciale subirà la pubblica foratura delle orecchie. Se recidivo, sarà punito con la morte.

«In coperta è proibito il commercio con le donne rapite nei villaggi; esso dovrà limitarsi alla stiva e venire autorizzato dal sovrintendente alle merci. Chi viola questa disposizione sarà punito con la morte».

I ragguagli forniti dai prigionieri attestano che il rancio dei pirati consisteva principalmente in gallette, obesi topi messi all'ingrasso e riso bollito; nei giorni di combattimento mescolavano all'alcol polvere da sparo. Carte e dadi truccati, la coppa e il rettangolo del *fantan*, la visionaria pipa da oppio e la lanterna magica occupavano le ore d'ozio. Due spade, da usare simultaneamente, erano le loro armi preferite. Prima dell'arrembaggio, si cospargevano gli zigomi e il corpo con un infuso d'aglio – infallibile talismano contro le offese delle bocche da fuoco.

L'equipaggio viaggiava con le donne al seguito, ma il capitano aveva il suo harem, che ne contava cinque o sei e che le vittorie rinnovavano.

PARLA CHIA-CH'ING, IL GIOVANE IMPERATORE

Verso la metà del 1809 venne promulgato un editto imperiale, di cui riporto la prima e l'ultima parte. Molti ne criticarono lo stile:

«Uomini sventurati e perniciosi, uomini che calpestano il pane, uomini che restano sordi alla voce degli esattori delle imposte come a quella degli orfani, uomini sulla cui biancheria sono raffigurati la fenice e il drago, uomini che negano la verità dei libri stampati, uomini che lasciano scorrere le loro lacrime guardando il Nord, turbano la serenità dei nostri fiumi e l'antica sicurezza dei nostri mari. Su navi malandate e fragili sfidano giorno e notte la tempesta. I loro intenti non sono pacifici: non sono né mai sono stati i veri amici del navigante. Lungi dal prestargli soccorso, lo assalgono con ferocissimo impeto e lo portano verso la rovina, la mutilazione o la morte. Violano così le leggi naturali dell'Universo, sicché i fiumi straripano, le rive scompaiono, i figli si rivoltano contro i padri e i princìpi che governano l'umidità e la siccità sono turbati...

«Ti incarico dunque del castigo, Ammiraglio Kuo-lang. Abbi a mente che la clemenza è una prerogativa imperiale e che per un suddito sarebbe presunzione volersela arrogare. Sii crudele, sii giusto, sii obbediente, sii vittorioso».

L'incidentale riferimento alle imbarcazioni malandate era, naturalmente, falso. Il suo scopo era di tenere alto il morale degli uomini di Kuo-lang. Novanta giorni più tardi, le forze della vedova Ching affrontarono quelle dell'Impero di Mezzo. Quasi mille navi combatterono dall'alba al tramonto. Un coro indistinto di campane, tamburi, cannonate, imprecazioni, gong e profezie accompagnò lo scontro. Le forze imperiali furono annientate. Né il proibito perdono, né la raccomandata crudeltà ebbero modo di esercitarsi. Kuo-lang osservò un rito che i nostri generali sconfitti preferiscono ignorare: il suicidio.

LE RIVE ATTERRITE

Allora le seicento giunche da guerra e i quarantamila pirati vittoriosi della Vedova superba risalirono le foci del Hsichiang, moltiplicando incendi e feste atroci e orfani a babordo e a tribordo. Interi villaggi vennero rasi al suolo. In uno solo di questi si contarono più di mille prigionieri. Centoventi donne che avevano cercato il confuso riparo delle giuncaie e delle risaie vicine furono tradite dall'incontenibile pianto di un bambino e poi vendute a Macao. Benché lontane, le meste lacrime e i lutti di questa razza giunsero all'orecchio di Chia-ch'ing, il Figlio del Cielo. Certi storici asseriscono che lo toccarono meno del disastro della sua spedizione punitiva. Sta di fatto che ne organizzò una seconda, spaventosa per stendardi, marinai, soldati, apparati bellici, provviste, indovini e astrologi. Questa volta il comando toccò a T'ing-kuei. Quella schiacciante moltitudine di navi risalì il delta del Hsichiang e sbarrò la via alla flotta pirata. La Vedova si preparò alla battaglia. Sapeva che sarebbe stata difficile, molto difficile, quasi disperata; notti e mesi di saccheggio e di ozio avevano infiacchito i suoi uomini. La battaglia non cominciava mai. Senza fretta il sole sorgeva e tramontava sulle canne tremule. Gli uomini e le armi vegliavano. I mezzogiorni erano più possenti, i meriggi infiniti.

IL DRAGO E LA VOLPE

Eppure, stormi alti e indolenti di leggeri draghi si levavano ogni sera dalle navi della flotta imperiale e planavano con delicatezza sull'acqua e sulle navi nemiche. Erano aeree costruzioni di carta e canne, simili ad aquiloni, e sulla loro superficie rossa o argentea figuravano gli stessi segni. La Vedova esaminò con ansia quelle regolari meteore e vi lesse la lenta e confusa favola di un drago che aveva sempre protetto una volpe nonostante le sue lunghe ingratitudini e i suoi continui misfatti. La luna si assottigliò nel cielo e le figure di carta e canne recavano ogni sera la stessa storia, con varianti quasi impercettibili. La Vedova si tormentava e meditava. Quando la luna fu piena nel cielo e nell'acqua rossastra, la storia sembrò giungere alla fine. Nessuno poteva prevedere se sulla volpe si sarebbe abbattuto un illimitato perdono o un illimitato castigo, ma la fine si avvicinava inevitabile. La Vedova capì. Gettò le sue due spade nel fiume, si inginocchiò in una scialuppa e ordinò che la conducessero alla nave ammiraglia.

Era l'imbrunire: il cielo era gremito di draghi, questa volta gialli. La Vedova mormorava una frase. «La volpe cerca l'ala del drago» disse salendo a bordo.

L'APOTEOSI

I cronisti riferiscono che la volpe ottenne il perdono e dedicò la sua lunga vecchiaia al contrabbando dell'oppio. Cessò di essere la Vedova; assunse un nome che significa Fulgore della Vera Istruzione.

«Da quel giorno» scrive uno storico «le navi ritrovarono la pace. I quattro mari e i fiumi innumerevoli furono vie sicure e felici.

«I contadini poterono vendere le spade e comprare buoi per arare i loro campi. Fecero sacrifici, offrirono preghiere sulle cime delle montagne e si rallegrarono durante il giorno cantando dietro paraventi».

IL FORNITORE DI INIQUITÀ
MONK EASTMAN

QUELLI DI QUESTA AMERICA

Stagliati sullo sfondo di pareti celesti o di un cielo alto, due guappi inguainati in solenni abiti neri ballano su scarpe da donna un ballo serissimo, che è quello dei coltelli uguali, finché un garofano non salta via da un orecchio: il coltello è penetrato in un uomo, che con la sua morte orizzontale chiude il ballo senza musica. Rassegnato, l'altro si sistema il cappello a larghe tese e consacra la sua vecchiaia al racconto di quel duello tanto rigoroso. Questa è la storia dettagliata e completa della nostra malavita. Quella delle rissose canaglie di New York è più vertiginosa e rude.

QUELLI DELL'ALTRA

La storia delle bande di New York (esposta nel 1928 da Herbert Asbury in un dignitoso volume di quattrocento pagine in ottavo) ha la confusione e la crudeltà delle cosmogonie barbariche, e molto della loro smisurata stupidità: scantinati di antiche birrerie trasformate in casermoni per negri, una rachitica New York a tre piani, bande di malviventi come gli Angeli del Pantano (*Swamp Angels*) che scorrazzavano tra labirinti di fogne, bande di malviventi come i *Daybreak Boys* (Ragazzi dell'Alba) che reclutavano precoci assassini di dieci e undici anni, giganti solitari e sfrontati come i Ribaldi in Cilindro (*Plug Uglies*) che provocavano le inverosimili risa del prossimo con un rigido cappello a cilindro imbottito di lana e le ampie falde della camicia gonfiate dal vento della periferia, ma che avevano un randello nella destra e una pistola profonda; bande di malviventi come i Conigli Morti (*Dead Rabbits*) che si lanciavano al combattimento sotto l'insegna di un coniglio morto appeso a un'asta; uomini come Johnny Dolan il Dandy, famoso per il ricciolo impomatato sulla fronte, i bastoni da passeggio con la testa di scimmia e il raffinato arnese di rame che era solito infilarsi sul pollice per cavare gli occhi all'avversario; uomini come Kit Burns, capace di decapitare con un solo morso un topo vivo; uomini come Blind Danny Lyons, biondo ragazzo dagli immensi occhi morti, ruffiano di tre puttane che con orgoglio facevano la vita per lui; file di case con la lanterna rossa, come quelle dirette da sette sorelle del New England, che destinavano i guadagni della vigilia di Natale alle opere di carità; piste da combattimento per topi famelici e cani; case da gioco cinesi; donne come la più volte vedova Red Norah, amata e ostentata da tutti i maschi che capeggiarono la banda dei *Gophers*; donne come Lizzie the Dove, che si vestì a lutto quando giustiziarono Danny Lyons e morì sgozzata da Gentle Maggie, che le contese l'antico amore dell'uomo morto e cieco; tumulti come quello di una settimana selvaggia del 1863, allorché le bande incendiarono cento edifici e per poco non si impadronirono della città; risse di strada in cui l'uomo scompariva come nel mare perché lo calpestavano fino a ucciderlo; ladri e avvelenatori di cavalli come Yoske Nigger – intessono questa caotica storia. Il suo eroe più famoso è Edward Delaney, alias William Delaney, alias Joseph Marvin, alias Joseph Morris, alias Monk Eastman, che fu a capo di milleduecento uomini.

L'EROE

Queste finte graduali (angosciose come un gioco di maschere in cui non si sa più chi è chi) omettono il suo vero nome – sempre che osiamo pensare che ci sia al mondo qualcosa di simile. Sta di fatto che all'anagrafe di Williamsburg, a Brooklyn, il suo nome è Edward Ostermann, poi americanizzato in Eastman. Cosa strana, questo furfante burrascoso era ebreo. Era figlio del padrone di uno di quei ristoranti che annunciano «Kosher», dove uomini dalle rabbiniche barbe possono digerire senza pericolo la carne dissanguata e tre volte purificata di vitelli sgozzati secondo le regole. A diciannove anni, verso il 1892, aprì un negozio di uccelli con l'aiuto del padre. Osservare la vita degli animali, contemplare le loro piccole decisioni e la loro imperscrutabile innocenza fu una passione che lo accompagnò sino alla fine. Nei successivi periodi di splendore, quando rifiutava sdegnosamente i sigari dei lentigginosi *sachems* di Tammany o faceva il giro dei migliori bordelli in una precoce automobile che sembrava la figlia naturale di una gondola, aprì un secondo e finto negozio che ospitava cento gatti di razza e più di quattrocento colombe – che non erano in vendita. Li amava individualmente ed era solito passeggiare a piedi per il quartiere con un gatto felice in braccio e altri che lo seguivano avidi.

Era un uomo rovinoso e monumentale. Il collo era corto e taurino, il petto inespugnabile, le braccia lunghe e bellicose, il naso rotto, il volto istoriato di cicatrici e tuttavia meno importante del corpo, le gambe storte come quelle di un cavallerizzo o di un marinaio. Poteva fare a meno della camicia come pure della giacca, ma non di una piccola tuba tronca sulla testa ciclopica. Gli uomini ne serbano il ricordo. Fisicamente, il gangster convenzionale dei film è un'imitazione di Eastman, non dell'ambiguo e flaccido Al Capone. Si dice che a Hollywood abbiano fatto lavorare Wolheim perché i suoi lineamenti richiamavano immediatamente quelli del compianto Monk Eastman... Che se ne andava a spasso per il suo impero criminoso con una colomba dalle piume azzurre sulla spalla, simile a un toro con un fringuello sulla groppa.

Intorno al 1894 a New York abbondavano le sale da ballo pubbliche. Eastman fu incaricato di mantenere l'ordine in una di esse. La leggenda narra che l'impresario non volle riceverlo e che Monk diede prova del suo talento demolendo fragorosamente il paio di giganti che allora detenevano quell'incarico. Lo esercitò fino al 1899, temuto e solo.

Per ogni esagitato che calmava, incideva col pugnale una tacca sul suo brutale randello. Una sera una lustra calvizie che si chinava su un boccale di birra attirò la sua attenzione. La stese a terra con una mazzata. «Mi mancava una tacca a cinquanta!» esclamò dopo.

IL COMANDO

A partire dal 1899 Eastman non fu solo famoso. Era l'agente elettorale di un distretto importante, e riscuoteva cospicui sussidi dalle case con la lanterna rossa, dalle bische, dalle donne di strada e dai ladri di quel sordido feudo. I comitati lo consultavano per organizzare i loro misfatti, e così pure i privati. Ecco i suoi onorari: 15 dollari per un orecchio strappato, 19 per una gamba rotta, 25 per una pallottola in una gamba, 25 per una pugnalata, 100 per il lavoro completo. Certe volte, per non perdere l'abitudine, Eastman evadeva personalmente l'ordine.

Un problema di confini (sottile e spinoso come gli altri che il diritto internazionale è solito rinviare) lo oppose a Paul Kelly, famoso capo di un'altra banda. Sparatorie e scontri di pattuglie avevano tracciato una linea di demarcazione. Eastman la varcò un giorno all'alba e cinque uomini lo assalirono. Con quelle sue vertiginose braccia da scimmia e col manganello ne stese tre, ma gli cacciarono due pallottole nel ventre e lo abbandonarono credendolo morto. Eastman si strinse la ferita pulsante fra il pollice e l'indice e con passo da ubriaco raggiunse l'ospedale. La vita, la febbre alta e la morte se lo contesero per settimane, ma le sue labbra non si abbassarono a denunciare nessuno. Quando uscì, la guerra era un dato di fatto e prosperò in continue sparatorie fino al 19 agosto del 1903.

LA BATTAGLIA DI RIVINGTON

Un centinaio di eroi vagamente diversi dalle fotografie che ingialliscono negli archivi, un centinaio di eroi saturi di fumo e di alcol, un centinaio di eroi con la paglietta circondata da un nastro colorato, un centinaio di eroi tutti più o meno affetti da malattie vergognose, da carie, da disturbi alle vie respiratorie o ai reni, un centinaio di eroi insignificanti o magnifici come quelli di Troia o di Junín, ingaggiarono quella tenebrosa battaglia all'ombra delle arcate dell'*elevated*. La causa fu il tributo imposto dagli scagnozzi di Kelly al tenutario di una casa da gioco, compare di Monk Eastman. Uno di questi venne ucciso, e la sparatoria si trasformò in una battaglia di innumerevoli pistole. Protetti dagli alti pilastri, uomini dal mento ben rasato sparavano silenziosi, ed erano il centro di un atterrito orizzonte di vetture a nolo cariche di impazienti rinforzi, con l'artiglieria Colt in pugno. Cosa provarono i protagonisti di quella battaglia? In primo luogo (credo) la brutale convinzione che il frastuono insensato di cento revolver li avrebbe subito annientati; in secondo luogo (credo) la non meno erronea certezza di essere invulnerabili, visto che la scarica iniziale non li aveva atterrati. Sta di fatto che si batterono con fervore, trincerati dietro il ferro e la notte. Per due volte la polizia intervenne e per due volte fu respinta. Alle prime luci dell'alba il combattimento, quasi fosse osceno o spettrale, cessò. Sotto le grandi arcate metalliche rimasero sette feriti gravi, quattro cadaveri e una colomba morta.

GLI SCRICCHIOLII

I politici del quartiere per cui lavorava Monk Eastman avevano sempre negato pubblicamente l'esistenza di simili bande, o sostenuto che si trattava di innocenti circoli ricreativi. Ma l'indiscreta battaglia di Rivington li allarmò. Convocarono i due capi per convincerli della necessità di una tregua. Kelly (consapevole del fatto che i politici sapevano intralciare l'azione della polizia meglio di qualsiasi Colt) accettò subito; Eastman (con la superbia della sua mole bruta) esigeva altri spari e altri tafferugli. Inizialmente rifiutò e dovettero prospettargli la prigione. Alla fine i due illustri malviventi tennero consiglio in un bar, ognuno con un sigaro in bocca, la destra sulla pistola e un vigilante nugolo di scagnozzi intorno. Giunsero a una decisione molto americana: affidare la disputa a un incontro di pugilato. Kelly era un pugile abilissimo. Il duello si svolse in un capannone e fu stravagante. Vi assistettero centoquaranta spettatori, fra guappi col cilindro di sghimbescio e donne dalla fragile acconciatura monumentale. Durò due ore e finì per completo sfinimento. Di lì a una settimana ripresero a crepitare le pallottole. Monk fu arrestato per l'ennesima volta. I suoi protettori si disinteressarono di lui con sollievo; il giudice gli vaticinò, ed era nel giusto, dieci anni di carcere.

EASTMAN CONTRO LA GERMANIA

Quando l'ancora perplesso Monk uscì da Sing Sing, i milleduecento malviventi ai suoi ordini erano allo sbando. Incapace di riunirli, si rassegnò a lavorare in proprio. L'8 settembre del 1917 provocò dei disordini di strada. Il 9 decise di partecipare ad altri disordini e si arruolò in un reggimento di fanteria. Conosciamo diversi aspetti della sua campagna. Sappiamo che disapprovò energicamente la cattura di prigionieri e che una volta (col solo calcio del fucile) impedì questa deplorevole pratica. Sappiamo che riuscì a evadere dall'ospedale e che tornò in trincea. Sappiamo che si distinse negli scontri presso Montfaucon. Sappiamo che in seguito dichiarò che molte balere della Bowery erano più rischiose della guerra europea.

LA MISTERIOSA, LOGICA FINE

Il 25 dicembre del 1920 il corpo di Monk Eastman fu ritrovato all'alba in una delle vie centrali di New York. Si era preso cinque pallottole. Beatamente ignaro della morte, un gatto dei più comuni gli girava intorno con una certa perplessità.

L'ASSASSINO DISINTERESSATO BILL HARRIGAN

L'immagine delle terre dell'Arizona, prima di qualsiasi altra immagine: l'immagine delle terre dell'Arizona e del Nuovo Messico, terre dalle illustri viscere d'oro e d'argento, terre vertiginose e aeree, terre di monumentali altipiani e delicati colori, terre dal bianco splendore di scheletro scarnificato dagli uccelli. In quelle terre, un'altra immagine, quella di Billy the Kid, il cavaliere inchiodato alla sella, il giovane dai secchi spari che assordano il deserto, il dispensatore di pallottole invisibili che uccidono a distanza, come una magia.

Il deserto venato di metalli, arido e lucente. Il bandito bambino che morendo a ventun anni era debitore, nei confronti della giustizia degli uomini, di ventun morti – «senza contare i messicani».

LO STATO LARVALE

L'uomo che per il terrore e la gloria sarebbe divenuto Billy the Kid nacque intorno al 1859 in un tugurio sotterraneo di New York. Dicono che lo partorì uno stremato ventre irlandese, ma crebbe in mezzo ai negri. In quel caos di afrori e di capelli crespi godette del vantaggio che conferiscono le lentiggini e una zazzera rossiccia. Sperimentava l'orgoglio di essere bianco; era inoltre gracile, selvatico, sboccato. A dodici anni militò nella banda degli *Swamp Angels* (Angeli del Pantano), divinità che operavano nelle cloache. Nelle notti odorose di nebbia bruciata emergevano da quel fetido labirinto, seguivano i passi di qualche marinaio tedesco, lo abbattevano con una randellata, lo spogliavano persino della biancheria, e tornavano poi alle loro fogne. Li comandava un negro incanutito, Gas Houser Jonas, famoso anche come avvelenatore di cavalli.

A volte, dalla soffitta di una casupola gibbosa vicina all'acqua, una donna vuotava un secchio di cenere in testa a un passante. L'uomo si dibatteva e soffocava. Allora gli Angeli del Pantano sciamavano su di lui, lo trascinavano in uno scantinato e lo depredavano.

Tali furono gli anni di apprendistato di Bill Harrigan, il futuro Billy the Kid. Non disdegnava la finzione teatrale; gli piacevano soprattutto (forse senza neppure presentire che erano simboli e lettere del suo destino) i melodrammi di cow-boy.

GO WEST!

Se negli affollati teatri della Bowery (i cui spettatori vociavano «Su lo straccio!» al minimo ritardo del sipario) abbondavano quei melodrammi di cavalieri e sparatorie, la ragione era semplicissima: l'America subiva allora il fascino dell'Ovest. Al di là dei tramonti c'era l'oro del Nevada e della California. Al di là dei tramonti c'era la scure che abbatte i cedri, l'enorme faccia babilonica del bisonte, il cappello a larghe tese e il trafficato letto di Brigham Young, i riti e l'ira dell'uomo rosso, l'aria limpida dei deserti, la sconfinata prateria, la terra essenziale la cui vicinanza accelera il battito del cuore come la vicinanza del mare. L'Ovest chiamava. Un rumore continuo e cadenzato popolò quegli anni: erano le migliaia di americani che occupavano l'Ovest. In mezzo a loro, intorno al 1872, c'era il sempre allampanato Bill Harrigan, in fuga da una cella rettangolare.

DEMOLIZIONE DI UN MESSICANO

La Storia (che, analogamente a un certo regista cinematografico, procede per immagini discontinue) ci offre adesso quella di una insidiosa taverna, che sta nel mezzo dell'onnipotente deserto come in alto mare. Il momento: un'inquieta notte dell'anno 1873; il luogo preciso: il Llano Estacado (Nuovo Messico). La terra è quasi sovrannaturalmente liscia, ma il cielo di nuvole a strati, con squarci di tempesta e di luna, è gremito di pozzi che si aprono come crepe e di montagne. Sulla terra, il teschio di una vacca, latrati e occhi di coyote nell'ombra, cavalli affilati e la luce allungata della taverna. Dentro, appoggiati all'unico bancone, uomini stanchi e corpulenti bevono un alcol rissoso e ostentano grandi monete d'argento, con l'aquila e il serpente. Un ubriaco canta imperturbabile. Qualcuno parla una lingua con molte «s», che dev'essere spagnolo, visto che chi la parla è trattato con disprezzo. Bill Harrigan, rossiccio topo di tugurio, è tra i bevitori. Si è scolato un paio di bicchieri d'acquavite e pensa di chiederne un altro, forse perché non gli resta un centesimo. Gli uomini di quel deserto lo annichiliscono. Gli sembrano terribili, turbolenti, felici, odiosamente abili nel governare mandrie selvagge e alti cavalli. D'improvviso cala un silenzio di tomba, ignorato soltanto dalla dissennata voce dell'ubriaco. È entrato un messicano enorme, con una faccia da vecchia indiana. Straripa in uno smisurato cappello e in due pistole ai fianchi. In un rude inglese augura la buonasera a tutti i gringos figli di cagna che stanno bevendo. Nessuno raccoglie la sfida. Bill domanda chi è, e gli sussurrano timorosi che il *Dago* – il *Diego* – è Belisario Villagrán, di Chihuahua. Subito risuona uno sparo. Protetto da quella barriera di uomini che lo sovrastano, Bill ha sparato sull'intruso. Il bicchiere cade dalla mano di Villagrán; poi cade l'uomo intero. Non c'è bisogno di un'altra pallottola. Senza degnare di uno sguardo quel morto di lusso, Bill riprende la conversazione.

«Veramente?» dice.[1] «Be', io sono Bill Harrigan, di New York». L'ubriaco continua a cantare, insignificante. Già si intuisce l'apoteosi. Bill concede strette di mano e accetta lusinghe, urrà e whisky. Un tale osserva che sulla sua pistola non ci sono tacche e gli propone di inciderne una per ricordare la morte di Villagrán. Billy the Kid prende il coltello di quel tale, ma dice che «non vale la pena tenere il conto dei messicani». Tutto ciò, forse, non basta. Quella notte Bill stende la sua coperta accanto al cadavere e dorme fino all'aurora – con ostentazione.

MORTI PERCHÉ SÌ

Da quella fausta detonazione (aveva quattordici anni) nacque Billy the Kid l'Eroe e morì il furtivo Bill Harrigan. Il ragazzetto delle fogne e delle randellate assurse a uomo di frontiera. Si fece cavaliere; imparò a star dritto in sella alla maniera del Wyoming e del Texas, e non con il corpo all'indietro, alla maniera dell'Oregon e della California. Non assomigliò mai del tutto alla sua leggenda, ma ci andò vicino. Qualcosa del guappo di New York rimase nel cow-boy; riversò sui messicani l'odio che un tempo gli ispiravano i negri, ma le ultime parole che disse furono (brutte) parole in spagnolo. Imparò l'arte vaga-

---

1. «*Is that so?*» *he drawled.*

bonda del mandriano. Imparò anche quella, più difficile, di comandare uomini; entrambe lo aiutarono a diventare un buon ladro di bestiame. A volte si lasciava attirare dalle chitarre e dai bordelli del Messico.

Con l'atroce lucidità dell'insonne, organizzava affollate orge che duravano quattro giorni e quattro notti. Alla fine, nauseato, pagava il conto a colpi di pistola. Finché il dito sul grilletto non lo tradì fu l'uomo più temuto (e forse il più anonimo e il più solo) di quella frontiera. Il suo amico Garrett, lo sceriffo che poi l'ammazzò, gli disse una volta: «Ho esercitato molto la mira ammazzando bisonti». «Io l'ho esercitata ancora di più ammazzando uomini» gli rispose soavemente. I dettagli sono irrecuperabili, ma sappiamo che fu debitore di ventun morti – «senza contare i messicani». Durante sette rischiosissimi anni si concesse quel lusso: il coraggio.

La sera del 25 luglio del 1880, Billy the Kid attraversò al galoppo, sul suo pezzato, la via principale, ovvero l'unica, di Fort Sumner. Il caldo era soffocante e le lampade non erano ancora accese. Lo sceriffo Garrett, seduto su una sedia a dondolo in una veranda, estrasse la pistola e gli piantò un proiettile nel ventre. Il pezzato proseguì la sua corsa; il cavaliere stramazzò sulla strada di terra battuta. Garrett gli sparò un secondo proiettile. La gente (sapendo che il ferito era Billy the Kid) sprangò con cura le finestre. L'agonia fu lunga e blasfema. Quando il sole era ormai alto, gli si avvicinarono e lo disarmarono; era morto. Notarono che aveva quell'aria da rottame che hanno i defunti.

Lo rasarono, gli infilarono un abito confezionato e lo esposero all'orrore e alle beffe nella vetrina del miglior emporio.

Uomini a cavallo e in calesse arrivarono da molte leghe tutt'intorno. Il terzo giorno dovettero truccarlo. Il quarto giorno lo seppellirono esultanti.

L'INCIVILE MAESTRO DI CERIMONIE KOTSUKE NO SUKE

L'infame di questo capitolo è l'incivile maestro di cerimonie Kotsuke no Suke, nefasto funzionario che causò il declino e la morte del signore della Torre di Ako e che non volle uccidersi da buon gentiluomo allorché la giusta vendetta lo raggiunse. È uomo che merita la gratitudine di tutti gli uomini, perché suscitò preziose lealtà e fu la cupa e necessaria origine di un'impresa immortale. Un centinaio di romanzi, monografie, tesi di laurea e libretti d'opera commemorano il fatto – per non parlare della profusione di porcellane, lapislazzuli venati e lacche. Persino la versatile celluloide lo onora, giacché la *Storia dottrinale dei quarantasette capitani* – è questo il titolo – è la più frequente fonte di ispirazione del cinema giapponese. La minuziosa gloria che questi ardenti omaggi testimoniano è più che giustificata: è palesemente giusta per chiunque.

Seguo la relazione di A.B. Mitford, che omette

le continue digressioni elaborate dal colore locale e preferisce attenersi all'andamento del glorioso episodio. Questa felice mancanza di «orientalismo» induce il sospetto che si tratti di una traduzione diretta dal giapponese.

IL LACCIO SLEGATO

Nella languida primavera del 1702 l'illustre signore della Torre di Ako dovette ricevere e onorare un inviato imperiale. Duemilatrecento anni di cortesia (alcuni mitologici) avevano angosciosamente complicato il cerimoniale di benvenuto. L'inviato rappresentava l'imperatore, ma a guisa di allusione o simbolo: sfumatura che era inopportuno enfatizzare quanto sminuire. Al fine di evitare errori troppo facilmente fatali, un funzionario della corte di Yedo lo precedeva in qualità di maestro di cerimonie. Lontano dagli agi della corte e condannato a una rustica *villégiature* che doveva sembrargli un esilio, Kira Kotsuke no Suke impartiva senza alcuna grazia le sue istruzioni. Talora dilatava il tono autoritario fino all'insolenza. Il suo discepolo, il signore della Torre, cercava di ignorare tali oltraggi. Non sapeva come ribattere e la disciplina gli proibiva ogni violenza. Un mattino al maestro si sciolse il laccio della scarpa e questi gli chiese di annodarglielo. Il gentiluomo lo fece con umiltà, ma insieme con intimo sdegno. L'incivile maestro di cerimonie gli disse che, in verità, era incorreggibile, e che solo uno zotico poteva fare così male un nodo. Il signore della Torre sguainò la spada e gli menò un fendente. L'altro fuggì, con la fronte appena siglata da un tenue filo di sangue... Qualche giorno dopo il tribunale militare si pronunciava contro il feritore e lo condannava al suicidio. Nel cortile centrale della Torre di Ako fu innalzata una pedana di feltro rosso e vi apparve il condannato e gli diedero un pugnale d'oro e pietre preziose ed egli confessò pubblicamente la sua colpa e si denudò fino alla cintola e si aprì il ventre con le due ferite rituali e morì come un samurai, e gli spettatori più lontani non videro sangue perché il feltro era rosso. Un uomo canuto e preciso lo decapitò con la spada: era il consigliere Kuranosuke, suo padrino.

IL SIMULATORE DELL'INFAMIA

La Torre di Takumi no Kami venne confiscata, i suoi capitani dispersi, la sua famiglia ridotta in rovina e disonorata, il suo nome vincolato all'esecrazione. Secondo alcuni, la notte stessa in cui egli si uccise quarantasette dei suoi capitani tennero consiglio sulla vetta di un monte e definirono ogni particolare di quanto sarebbe accaduto un anno dopo. Certo è che dovettero procedere fra comprensibili indugi e che più di una riunione ebbe luogo non sull'ardua vetta di una montagna, ma in una cappella nel bosco, un modesto padiglione di legno bianco senz'altro ornamento che la scatola rettangolare che contiene uno specchio. Avevano sete di vendetta, e la vendetta dovette sembrar loro irraggiungibile.

Kira Kotsuke no Suke, l'odiato maestro di cerimonie, aveva fortificato la sua casa e un nugolo di arcieri e di spadaccini proteggeva la sua portantina. Poteva contare su spie incorruttibili, affidabili e discrete. Nessuno era seguito e sorvegliato quanto il presunto capo dei vendicatori: Kuranosuke, il consigliere. Questi se ne accorse per caso e a partire da tale elemento elaborò il suo piano di vendetta.

Si trasferì a Kyoto, città senza uguali in tutto l'impero per il colore dei suoi autunni. Si lasciò sedurre dai lupanari, dalle case da gioco e dalle taverne. Benché avesse i capelli bianchi, si accompagnò a meretrici e poeti, e a gente anche peggiore. Una volta venne cacciato da una taverna e all'alba lo trovarono addormentato sulla soglia, con la testa arrovesciata nel vomito.

Un uomo di Satsuma lo riconobbe, e disse con tristezza e ira: «Costui non è forse il consigliere di Asano Takumi no Kami, che l'aiutò a morire e che invece di vendicare il suo signore si abbandona ai piaceri e alla vergogna? Oh, uomo indegno del nome di samurai!».

Gli calpestò la faccia addormentata e vi sputò sopra. Quando le spie lo informarono di quella passività, Kotsuke no Suke provò un grande sollievo.

Le cose non finirono lì. Il consigliere cacciò la moglie e il minore dei suoi figli e si comprò una donna in un lupanare, famosa infamia che rallegrò il cuore del suo nemico e ne allentò la timorosa prudenza. Questi finì per congedare metà delle sue guardie.

In una delle terribili notti dell'inverno del 1703 i quarantasette capitani si diedero convegno in un giardino abbandonato nei dintorni di Yedo, vicino a un ponte e alla fabbrica di carte da gioco. Portavano le insegne del loro signore. Prima di sferrare l'attacco, avvertirono i vicini che non si trattava di un sopruso ma di un'operazione militare di rigorosa giustizia.

LA CICATRICE

Due schiere assaltarono il palazzo di Kira Kotsuke no Suke. La prima, che assaltò la porta principale, era guidata dal consigliere; la seconda dal suo figlio maggiore, che stava per compiere sedici anni e che morì la stessa notte. La storia conosce i diversi momenti di quell'incubo lucidissimo: la discesa rischiosa e oscillante lungo le scale di corda, il tamburo che diede il via all'assalto, la precipitazione dei difensori, gli arcieri appostati sulle terrazze, il volo esatto delle frecce fino agli organi vitali dell'uomo, le porcellane insozzate dal sangue, la morte ardente che ben presto è di ghiaccio, le impudicizie e i disordini della morte. Nove capitani perirono; i difensori non erano meno valorosi e non vollero arrendersi. Poco dopo mezzanotte ogni resistenza cessò.

Kira Kotsuke no Suke, ignominiosa ragione di

tanta fedeltà, non si faceva vedere. Lo cercarono in tutti gli angoli di quel palazzo in tumulto, e quando ormai disperavano di trovarlo il consigliere si accorse che le lenzuola del suo letto erano ancora tiepide. Ripresero a cercare e scoprirono una stretta finestra, nascosta da uno specchio di bronzo. Sotto, da un cortiletto buio, un uomo vestito di bianco li guardava. Nella destra teneva una spada tremante. Quando scesero, l'uomo si arrese senza lottare. Una cicatrice gli rigava la fronte: vecchio disegno dell'acciaio di Takumi no Kami.

Allora, i sanguinanti capitani si gettarono ai piedi di quell'uomo aborrito e gli dissero che erano gli ufficiali del signore della Torre, della cui rovina e morte lui era colpevole, e lo pregarono di suicidarsi, com'è dovere di un samurai.

Invano offrirono quell'onore al suo animo servile. Era un uomo inaccessibile alla dignità; all'alba dovettero decapitarlo.

LA TESTIMONIANZA

Appagata la loro vendetta (ma senza ira, e senza furore, e senza pietà), i capitani si diressero al tempio dov'erano custodite le reliquie del loro signore.

In un paiolo recano l'incredibile testa di Kira Kotsuke no Suke e la sorvegliano a turno. Attraversano campagne e province, alla luce sincera del giorno. Gli uomini li benedicono e piangono.

Il principe di Sendai vorrebbe ospitarli, ma essi rispondono che il loro signore li aspetta da quasi due anni. Raggiungono l'oscuro sepolcro e fanno offerta della testa del nemico.

La Suprema Corte pronuncia la sentenza. È quella che aspettano: viene loro concesso il privilegio di suicidarsi. Lo accettano tutti, alcuni con ardente serenità, e riposano accanto al loro signore. Uomini e bambini vengono a pregare sul sepolcro di quegli uomini tanto fedeli.

L'UOMO DI SATSUMA

Fra i pellegrini che accorrono c'è un giovane stanco e coperto di polvere che dev'essere giunto da lontano. Si prosterna davanti al monumento di Oishi Kuranosuke, il consigliere, e dice ad alta voce: «Io ti ho visto disteso sulla soglia di un lupanare di Kyoto e non ho pensato che stavi meditando di vendicare il tuo signore, e ti ho creduto un soldato senza fede e ti ho sputato in faccia. Sono venuto a offrirti riparazione». Ciò detto, fece harakiri.

Commosso dal suo coraggio, il priore gli diede sepoltura nel luogo dove riposano i capitani.

Questa è la fine della storia dei quarantasette uomini leali – ammesso che abbia una fine, perché noi, gli altri uomini, che forse non siamo leali ma che non perderemo mai del tutto la speranza di esserlo, continueremo a onorarli con le nostre parole.

IL TINTORE MASCHERATO
HAKIM DI MERV

ad Angélica Ocampo

Se non mi sbaglio, le fonti originali di informazione su Hal-Moqanna, il Profeta Velato (o più esattamente Mascherato) del Khorasan, si riducono a quattro: a) gli estratti dalla *Storia dei califfi* conservati da Baladhuri, b) il *Manuale del gigante* o *Libro della precisione e della revisione* dello storico ufficiale degli Abbasidi, Ibn Abi Tahr Tayfur, c) il codice arabo intitolato *L'annientamento della rosa*, dove vengono confutate le abominevoli eresie della *Rosa oscura* o *Rosa nascosta*, che era il libro canonico del Profeta, d) alcune monete senza effigie riportate alla luce dall'ingegner Andrusov durante i lavori di sterramento per la Ferrovia Transcaspiana. Tali monete furono affidate al Museo Numismatico di Teheran e riportano distici persiani che riassumono o correggono certi passi dell'*Annientamento*. La *Rosa* originale è andata perduta, giacché il manoscritto rinvenuto nel 1899 e pubblicato non senza leggerezza dal

«Morgenländisches Archiv» fu dichiarato apocrifo prima da Horn e poi da Sir Percy Sykes. La fama di cui gode in Occidente il Profeta è dovuta a una petulante poesia di Moore, carica di sospiri e nostalgia da cospiratore irlandese.

LA PORPORA SCARLATTA

Nell'anno 120 dell'Egira e 736 della Croce, nacque nel Turkestan un certo Hakim, che gli uomini di quei tempi e di quei luoghi avrebbero poi soprannominato il Velato. La sua patria fu l'antica città di Merv, i cui giardini e vigneti e prati guardano tristemente il deserto. Il mezzogiorno è bianco e abbagliante, quando non lo offuscano nuvole di polvere che soffocano gli uomini e lasciano una patina biancastra sui grappoli neri.

Hakim crebbe in questa città affaticata. Sappiamo che un fratello del padre gli insegnò il mestiere di tintore: arte di empi, falsari e lunatici, che gli ispirò i primi anatemi della sua feconda carriera. «Il mio volto è d'oro,» (dichiara in una famosa pagina dell'*Annientamento*) «ma ho fatto macerare la porpora e la seconda notte vi ho immerso la lana ancora da cardare e la terza notte ho impregnato la lana preparata, e ora gli imperatori delle isole continuano a disputarsi questa veste intrisa di sangue. Così ho peccato negli anni di gioventù e ho alterato i veri colori delle creature. L'Angelo mi diceva che gli agnelli non erano del colore delle tigri, Satana mi diceva che l'Onnipotente voleva che lo fossero e si serviva dei miei artifici e della mia porpora. Ora so che l'Angelo e Satana si ingannavano e che ogni colore è abominevole».

Nell'anno 146 dell'Egira, Hakim scomparve dalla sua patria. Trovarono i paioli e le vasche distrutti, come pure una scimitarra di Shiraz e uno specchio di bronzo.

IL TORO

Alla fine della luna di Shaban dell'anno 158, l'aria del deserto era limpida e gli uomini guardavano a ponente in attesa della luna di Ramadan, che inaugura la mortificazione e il digiuno. Erano schiavi, mendicanti, sensali, ladri di cammelli e beccai. Gravemente seduti per terra, aspettavano il segno, dal portone di un caravanserraglio sulla via di Merv. Guardavano il tramonto, e il tramonto aveva il colore della sabbia.

Dal fondo del deserto vertiginoso (in cui il sole provoca la febbre così come la luna lo spasmo) videro avanzare tre figure, che parvero loro altissime. Erano figure umane e quella al centro aveva testa di toro. Quando si avvicinarono, videro che questi portava una maschera e che gli altri due erano ciechi.

Qualcuno (come nei racconti delle *Mille e una notte*) si informò sulle ragioni di tale meraviglia. «Sono ciechi» spiegò l'uomo mascherato «perché hanno visto il mio volto».

IL LEOPARDO

Il cronista degli Abbasidi riferisce che l'uomo del deserto (la cui voce era singolarmente dolce, o tale almeno sembrava per contrasto con la brutalità della maschera) disse loro che se aspettavano il segnale di un mese di penitenze lui ne annunciava uno migliore: quello di un'intera vita di penitenza e di una morte infamante. Disse loro che era Hakim figlio di Osman, e che nell'anno 146 dell'Emigrazione un uomo era penetrato nella sua casa e, dopo essersi purificato e aver pregato, gli aveva tagliato la testa con una scimitarra e l'aveva portata fino al cielo. Sostenuta dalla mano destra di quell'uomo (che era l'angelo Gabriele), la sua testa era giunta al cospetto del Signore, il quale gli aveva affidato la missione di profetare e gli aveva istillato parole così antiche che bastava ripeterle per sentirsi bruciare la bocca e gli aveva infuso un glorioso fulgore che gli occhi mortali non potevano sostenere. Era questa la ragione della Maschera. Quando tutti gli uomini della terra avessero professato la nuova legge, il Volto si sarebbe rivelato loro ed essi avrebbero potuto adorarlo senza pericolo – come già lo adoravano gli angeli. Proclamato il suo messaggio, Hakim li esortò a una guerra santa – un *jihad* – e a un opportuno martirio.

Gli schiavi, i mendicanti, i sensali, i ladri di cammelli e i beccai rifiutarono di credergli: una voce gridò «stregone» e un'altra «impostore».

Qualcuno aveva portato un leopardo – forse un esemplare di quella razza agile e sanguinaria che i cacciatori persiani addestrano. Sta di fatto che ruppe le sbarre della sua gabbia. Tutti si diedero a una fuga precipitosa, tranne il Profeta Mascherato e i due accoliti. Quando tornarono, la belva era diventata cieca. Davanti a quegli occhi luminosi e morti, gli uomini adorarono Hakim e riconobbero le sue doti sovrannaturali.

IL PROFETA VELATO

Lo storico ufficiale degli Abbasidi narra senza grande entusiasmo le imprese di Hakim il Velato nel Khorasan. Quella provincia – molto colpita dalla sventura e dalla crocifissione del suo capo più famoso – abbracciò con disperato fervore la dottrina del Volto Splendente e le tributò il suo sangue e il suo oro. (Fu in quel periodo che Hakim sostituì la sua brutale effigie con un quadruplo velo di seta bianco ricamato con pietre preziose. Il colore emblematico dei Banu Abbàs era il nero; Hakim scelse il bianco – il più contrastante – per il Velo Protettivo, le insegne e i turbanti). La campagna cominciò bene. È vero che nel *Libro della precisione* le bandiere del Califfo sono ovunque vittoriose, ma poiché il risultato più frequente di tali vittorie è la destituzione di generali e l'abbandono di castelli inespugnabili, il lettore accorto sa come regolarsi. Alla fine della luna di Rejeb dell'anno 161, la famosa città di Nishapur aprì le sue porte di metallo al Mascherato; all'inizio del 162 toccò ad Astarabad. La sola tattica militare di Hakim (così come quella di un altro più fortunato Profeta) consisteva nel recitare una preghiera con voce tenorile, innalzandola però alla Divinità dalla groppa di un cammello fulvo, nel cuore tumultuoso delle battaglie. Tutt'intorno sibilavano le frecce, senza mai ferirlo. Sembrava che cercasse il pericolo: la notte in cui alcuni spregiati lebbrosi circondarono il suo palazzo, li chiamò a sé, li baciò e li colmò d'oro e d'argento.

Delegava le fatiche del governo a sei o sette adepti. Coltivava la meditazione e la pace: un harem di 114 donne cieche cercava di placare i bisogni del suo corpo divino.

GLI SPECCHI ABOMINEVOLI

L'Islam tollera l'apparizione di amici confidenziali di Dio, ancorché indiscreti e minacciosi, a patto che le loro parole non mettano in dubbio la fede ortodossa. Forse il Profeta non avrebbe disdegnato i favori di quella degnazione, ma i suoi partigiani, le sue vittorie e la pubblica collera del Califfo – che era Mohammed Hal-Mahdi – lo costrinsero all'eresia. Quel dissenso lo portò alla rovina, ma prima lo spinse a definire le norme di una religione personale, sia pure con evidenti infiltrazioni delle preistorie gnostiche.

Alla base della cosmogonia di Hakim c'è un Dio spettrale. Questa divinità è maestosamente priva di origini, come pure di nome e di volto. È un Dio immutabile, ma la sua immagine proiettò nove ombre che, accondiscendendo ad agire, popolarono e presiedettero un primo cielo. Tale prima corona demiurgica ne generò una seconda, anch'essa con angeli, potestà e troni, e questi fondarono più in basso un altro cielo, che era la copia simmetrica di quello iniziale. Questo secondo conclave si vide riprodotto in un terzo e questo in un altro inferiore, e così fino a 999. Il signore del cielo che sta in fondo è quello che governa – ombra di ombre di altre ombre – e la sua frazione di divinità tende allo zero.

La terra che abitiamo è un errore, un'incompetente parodia. Gli specchi e la paternità sono abominevoli, perché la moltiplicano e confermano. La ripugnanza è la virtù fondamentale. Due discipline (fra le quali il Profeta lasciava libertà di scelta) possono condurci ad essa: l'astinenza o la sfrenatezza, l'esercizio della carne o la castità.

Il paradiso e l'inferno di Hakim non erano meno disperati. «A coloro che negano la Parola, a coloro che negano l'Ingioiellato Velo e il Volto» dice un'imprecazione che ci è stata conservata della *Rosa nascosta* «prometto un Inferno meraviglioso, perché ognuno di loro regnerà su 999 imperi di fuoco, e in ogni impero vi saranno 999 montagne di fuoco, e su ogni montagna 999 torri di fuoco, e in ogni torre 999 piani di fuoco, e a ogni piano 999 letti di fuoco, e in ogni letto ci sarà lui e 999 forme di fuoco (che avranno il suo viso e la sua voce) lo tortureranno per sempre». E altrove conferma: «Qui nella vita soffrite in un corpo; nella morte e nella ricompensa, in innumerevoli». Il paradiso è meno concreto: «È sempre notte e vi sono vasche di pietra, e la felicità di questo Paradiso è quella peculiare degli addii, della rinuncia e di coloro che sanno di dormire».

IL VOLTO

Nell'anno 163 dell'Egira e 5 del Volto Splendente, Hakim fu accerchiato a Sanam dall'esercito del Califfo. Provviste e martiri non mancavano, e si attendeva l'imminente soccorso di una moltitudine di angeli di luce. Così stavano le cose quando una spaventosa diceria si diffuse nel castello: una donna adultera dell'harem, quando gli eunuchi erano sul punto di strangolarla, aveva gridato che alla mano destra del Profeta mancava il dito anulare e che le altre dita erano prive di unghie. La diceria si sparse tra i fedeli. In pieno sole, su un'alta terrazza, Hakim chiedeva alla divinità familiare una vittoria o un segno. A capo chino, servili – quasi corressero contro la pioggia –, due capitani gli strapparono il Velo ricamato con pietre preziose.

Dapprima ebbero un moto di orrore. Il volto promesso dell'Apostolo, il volto che era stato nei cieli, era in effetti bianco, ma di quel biancore caratteristico della lebbra purulenta. Era così gonfio e incredibile che sembrò loro una maschera. Non aveva ciglia; la palpebra inferiore dell'occhio destro pendeva sulla guancia senile; un pesante grappolo di tubercoli gli mangiava le labbra; il naso disumano e appiattito era simile a quello di un leone.

La voce di Hakim azzardò un ultimo inganno. «Il vostro abominevole peccato vi impedisce di cogliere il mio splendore...» cominciò a dire.

Non gli diedero ascolto e lo trapassarono con le lance.

UOMO ALL'ANGOLO DELLA CASA ROSA

a Enrique Amorim

E proprio a me vengono a parlare del defunto Francisco Real. Io l'ho conosciuto, anche se questi non erano i suoi quartieri, perché lui la faceva da padrone più che altro a Nord, dalle parti del lago di Guadalupe e della Batería. Non ci ho avuto a che fare più di tre volte, e tutt'e tre nella stessa notte, ma è una notte che non dimenticherò mai, perché fu quando la Lujanera venne a dormire – perché così le girava – nella mia baracca e Rosendo Juárez lasciò l'Arroyo per non tornarci più. Certo, a voi questo nome non dice nulla, vi manca l'esperienza necessaria, ma Rosendo Juárez il Picchiatore era uno di quelli che avevano voce in capitolo a Villa Santa Rita. Abile come pochi con il coltello, era uno degli uomini di don Nicolás Paredes, che era uno degli uomini di Morel. Ti arrivava al bordello tutto in ghingheri, su un cavallo nero con i finimenti d'argento; uomini e cani lo rispettavano, e così pure le donne; nessuno ignorava che aveva due morti sulla coscienza; sulla zazzera bisunta portava un feltro floscio con la tesa stretta; la vita gli sorrideva, come si dice. Noi ragazzi di Villa Santa Rita copiavamo persino il suo modo di sputare. Eppure, una notte ci rivelò la vera natura di Rosendo. Sembrerà inventato, ma la storia di quella notte balorda cominciò con una carrozzella insolente dalle ruote rosse, piena zeppa di uomini, che passava sobbalzando per quelle viuzze di fango secco, tra i forni di mattoni e le buche, e i due vestiti di nero che c'erano sopra dàgli a grattare la chitarra e far fracasso, e quello a cassetta che mollava frustate ai cani randagi che si cacciavano tra le zampe del cavallo, e in mezzo ce n'era uno tutto silenzioso avvolto in un poncho, e questo era il famoso Corralero, che andava a menar le mani e ad ammazzare. La notte era una benedizione, tanto era fresca; due di loro stavano sopra la cappotta abbassata, come se quella solitudine fosse una sfilata di carri. Questo fu il primo dei molti fatti che accaddero, ma noi l'abbiamo saputo solo dopo. Noi ragazzi eravamo arrivati di buon'ora alla balera della Julia, che era un capannone di lamiera, fra la strada di Gauna e il Maldonado. Era un locale che lo vedevi da lontano, per via della luce che quel lampione svergognato faceva lì intorno, e anche per via della cagnara. La Julia non era tanto chiara di pelle, ma molto seria e coscienziosa, sicché non mancavano mai musicisti, roba buona da bere e ragazze resistenti per ballare. Però la Lujanera, che era la donna di Rosendo, dava dei punti a tutte. È morta, signore, e le assicuro che sono anni che non penso a lei, ma bisognava vederla ai suoi tempi, con quegli occhi. Vederla, toglieva il sonno. L'acquavite, la milonga, tutte quelle femmine, una condiscendente parolaccia dalla bocca di Rosendo, una sua pacca data a caso nel mucchio e che io cercavo di prendere per un segno di amicizia: non c'era nessuno più felice di me. Mi capitò una ragazza che mi seguiva proprio bene, come se indovinasse le mie intenzioni. Il tango faceva di noi quello che voleva e ci trascinava e ci perdeva e ci guidava e ci faceva ritrovare. Gli uomini se la stavano tutti spassando così, come in un sogno, quando d'improvviso mi sembrò che la musica crescesse, ed era perché si mescolava a quella dei chitarristi della carrozzella, sempre più vicina. Poi la brezza che la portava cambiò direzione, ed io mi occupai di nuovo del mio corpo e di quello della ragazza e delle chiacchiere del ballo. Dopo un bel po' bussarono alla porta, un colpo e una voce autoritaria. Subito un gran silenzio, un poderoso spintone alla porta, e l'uomo era dentro. L'uomo somigliava alla voce.

Per noi non era ancora Francisco Real, ma un tipo alto, robusto, tutto vestito di nero, con una sciarpa giallina buttata sulla spalla. Il viso ricordo che era spigoloso, da indio.

Il battente della porta, aprendosi, mi colpì. Come uno scriteriato gli saltai addosso e gli appioppai un sinistro in piena faccia, mentre con la destra tiravo fuori il coltello affilato che portavo nel gilè, sotto l'ascella sinistra. La mia carica non

durò a lungo. L'uomo, per riprendere l'equilibrio, allargò le braccia e mi spinse da parte, come liberandosi da un impaccio. Mi lasciò curvo dietro di sé, con la mano ancora sotto la giacca, posata sull'arma inutile. Avanzò come se niente fosse. Avanzò, sempre più alto di tutti quelli che scostava passando, sempre come se non li vedesse. I primi – un'accozzaglia di italiani ficcanaso – si aprirono a ventaglio, prontamente. La cosa non durò molto. Nel mucchio successivo c'era già l'Inglese che lo aspettava, e che prima di sentire sulla spalla la mano del forestiero lo spedì nel mondo dei sogni con un cazzotto che teneva in serbo. Bastò quel cazzotto e a tutti montò il sangue alla testa. Il locale era molto spazioso, e il forestiero fu sbattuto da una parte all'altra come un cristo, fra spintoni, fischi e sputi. Prima lo presero a pugni, poi, vedendo che neppure schivava i colpi, gli mollarono dei bei ceffoni a mano aperta o con la frangia inoffensiva delle sciarpe, come per prenderlo in giro. O anche per lasciarlo a Rosendo, che non si era mosso dalla parete in fondo, dove stava appoggiato senza dire una parola. Fumava nervosamente la sua sigaretta, come se avesse già capito quello che poi ci fu chiaro. Il Corralero fu spinto fino a lui, impavido e sanguinante, dal vento impetuoso di quella teppaglia che lo canzonava. Fischiato, sbeffeggiato, preso a sputi, parlò solo quando si trovò di fronte a Rosendo. Allora lo guardò, si pulì la faccia con la manica e disse così:
«Sono Francisco Real, uno del Nord. Sono Francisco Real, detto il Corralero. Ho permesso

a questi poveracci di mettermi le mani addosso perché quello che sto cercando è un uomo. Dei ciarlatani vanno in giro a dire che da queste parti c'è uno che ha fama di maneggiare bene il coltello, un vero duro, uno che chiamano il Picchiatore. Voglio incontrarlo perché mi insegni, a me che non sono nessuno, che cos'è un uomo di fegato, un dritto ».

Disse tutto questo senza togliergli gli occhi di dosso. Ora nella sua destra brillava un grosso coltello, che di certo aveva tenuto nascosto nella manica. Intorno a lui, quelli che l'avevano spintonato si erano scostati, e tutti noi guardavamo quei due, in un grande silenzio. Persino la faccia del mulatto cieco che suonava il violino era girata da quella parte.

A quel punto sento dei rumori dietro di me, e nel vano della porta ti vedo sei o sette uomini che dovevano essere la banda del Corralero. Il più vecchio, un tipo con l'aria da contadino, bruciato dal sole, con i baffi brizzolati, si fece avanti e, come abbagliato da tutte quelle femmine e da quelle luci, si tolse il cappello con rispetto. Gli altri stavano in guardia, pronti a scattare se il gioco non era pulito.

Ma intanto cosa aspettava, Rosendo, a buttar fuori a pedate quello spaccone? Se ne stava zitto, con gli occhi bassi. La sigaretta non so se la sputò o se gli cadde di bocca. Alla fine riuscì a spiccicare qualche parola, ma così piano che noi, all'altro capo della sala, non sentimmo nulla. Francisco Real lo sfidò ancora una volta e ancora una volta lui fece finta di niente. Allora il più giovane dei

forestieri si mise a fischiettare. La Lujanera gli lanciò uno sguardo pieno di disprezzo e si fece largo, scarmigliata, in mezzo a quel pigiapigia e alle donne e raggiunse il suo uomo e gli infilò una mano nel panciotto e ne sfilò il coltello sguainato e glielo diede con queste parole:
«Rosendo, credo che ne avrai bisogno».
All'altezza del soffitto c'era una specie di lunga finestra che dava sul fiume. Rosendo prese il coltello con entrambe le mani e lo fissò come se non lo riconoscesse. D'improvviso si inarcò e il coltello volò dritto e si perse fuori, nel Maldonado. Io ebbi come un brivido.
«Non ti faccio a pezzi perché mi fai schifo» disse l'altro, e alzò la mano per colpirlo. Allora la Lujanera lo attirò a sé e gli gettò le braccia al collo e lo guardò con quei suoi occhi e gli disse con rabbia:
«Lascialo perdere, quello, che ci ha fatto credere che era un uomo».

Francisco Real rimase un attimo perplesso, poi l'abbracciò come per sempre e gridò ai musicisti di suonare tango e milonga e a noialtri della compagnia di ballare. La milonga corse da un capo all'altro della sala come un incendio. Real ballava serissimo, ma incollato a lei, possedendola già. Raggiunsero la porta e lui gridò:
«Fate largo, signori, che me la porto via senza che neanche se ne accorga».
Disse così, e uscirono guancia a guancia, come nella mareggiata del tango, come se si perdessero nel tango.
Credo che diventai rosso di vergogna. Feci an-

cora qualche giro con una delle ragazze e poi di colpo la piantai in asso. Le dissi che era per via del caldo e della calca e scivolai via lungo la parete finché non mi ritrovai fuori. Bella la notte, ma per chi? Dietro l'angolo c'era la carrozzella, con le due chitarre ritte sul sedile, come cristiani. Masticai amaro vedendo che le avevano lasciate lì in quel modo, come se non fossimo neanche capaci di fregare due vecchie chitarre. Il pensiero che eravamo meno di niente mi mandò in bestia. Con una manata feci volare in una pozzanghera il garofano che portavo dietro l'orecchio e rimasi un po' lì a guardarlo, come per non pensare più a niente. Avrei voluto che fosse già il giorno dopo, volevo scappare via da quella notte. In quel momento mi diedero una gomitata che fu quasi un sollievo. Era Rosendo, solo, che se la squagliava dal quartiere.

«Devi stare sempre tra i piedi, idiota!» borbottò passando, non so se per sfogarsi o che altro. Sparì dalla parte più buia, quella del Maldonado; non l'ho più rivisto.

Rimasi a guardare quelle cose di sempre – cielo fino a non poterne più, il fiume che si infuriava là sotto, solo, un cavallo addormentato, la strada di terra battuta, i forni – e pensai che ero né più né meno come le erbacce di quella riva, cresciute tra i denti di leone e le carcasse. Cosa poteva venir fuori da quell'immondizia se non noialtri, bravi a far la voce grossa ma conigli quando c'era da battersi, solo parole e minacce? Ma poi mi dissi che no, che più il quartiere era schifoso e più noi dovevamo essere dei guappi. Immondizia?

La milonga giù a impazzare, e giù a vorticare nelle case, e il vento aveva odore di caprifoglio. Bella la notte, ma per niente e nessuno. C'erano stelle da far venire le vertigini a guardarle, tutte una sull'altra. Cercavo di convincermi che la faccenda non mi riguardava, ma la vigliaccheria di Rosendo e il coraggio insopportabile del forestiero non mi uscivano dalla testa. Anche una donna per quella notte si era portato via, l'uomo alto. Per quella notte e molte altre, pensai, e forse per tutte, perché la Lujanera era una faccenda seria. Dio solo sa da che parte erano andati. Ma molto lontani non potevano essere. Magari se la stavano già spassando, dentro il primo fossato.

Quando mi decisi a tornare, il ballo continuava come se niente fosse.

Facendomi piccolo, mi infilai nel mucchio, e vidi che qualcuno dei nostri aveva tagliato la corda e che quelli del Nord ballavano il tango insieme agli altri. Niente gomitate e spintoni, solo diffidenza e contegno. La musica sembrava assonnata, e le donne che ballavano con quelli del Nord non dicevano una parola.

Io mi aspettavo qualcosa, ma non quello che successe.

Sentimmo una donna che piangeva là fuori, poi la voce che già conoscevamo, ma serena, fin troppo serena, come se non appartenesse più a nessuno, e che diceva: «Entra, bella mia», poi ancora il pianto. E di nuovo la voce, che ora sembrava disperata.

«Apri, ti dico, apri, brutta bagascia, apri, cagna!». In quel momento la porta sgangherata si

aprì ed entrò la Lujanera, sola. Entrò come se qualcuno la spingesse a viva forza.
«È un fantasma che la spinge» disse l'Inglese.
«Un morto, amico» disse allora il Corralero.
La faccia era quella di un ubriaco. Entrò, e noi tutti gli facemmo largo, come prima: lui, vacillando, avanzò di qualche passo – alto, senza vedere nessuno – e di colpo cadde a terra come un palo. Uno dei suoi lo girò sulla schiena e gli sistemò il poncho come cuscino. Quelle premure lo imbrattarono di sangue. Vedemmo allora che aveva una brutta ferita al petto; il sangue gli inzuppava e anneriva una cravatta rosso papavero che non avevo notato perché era coperta dalla sciarpa. Per le prime cure, una donna portò dell'acquavite e qualche straccio bruciacchiato. L'uomo non era in grado di spiegare. La Lujanera lo fissava smarrita, le braccia penzoloni. Tutti la guardavano con espressioni interrogative e lei si decise a parlare. Disse che quando era uscita col Corralero erano andati in un campo, e in quella ecco che spunta uno sconosciuto e gli grida come un ossesso che deve battersi con lui e poi gli dà una coltellata, e lei giura che non sa chi è ma che non è Rosendo. Chi poteva crederle?

L'uomo ai nostri piedi moriva. A quello che l'aveva fatto fuori non gli era certo tremato il polso, pensai. Lui, però, aveva la pelle dura. Quando aveva bussato, la Julia stava preparando il mate, e il mate poté fare tutto il giro e tornare da me prima che lui crepasse. «Copritemi la faccia» disse piano quando fu allo stremo. Gli restava solo l'orgoglio, e non avrebbe permesso a nessuno di spiare i segni della sua agonia. Qualcuno gli mise sulla faccia un feltro nero, dalla calotta altissima. Morì sotto il cappello, senza un lamento. Quando il suo petto adagiato a terra smise di alzarsi e abbassarsi, si decisero a scoprirlo. Aveva l'aria stanca dei defunti; era uno degli uomini più coraggiosi che c'erano a quei tempi, dalla Batería fino al Sud; vedendolo morto e senza parole, non lo odiai più.

«Per morire basta essere vivi» disse una delle donne, e un'altra, anche lei assorta:

«Tutta quella superbia, e adesso serve solo ad attirare le mosche».

Allora quelli del Nord cominciarono a dirsi qualcosa sottovoce e poi due lo ripeterono forte:

«È stata la donna».

Uno le gridò in faccia che era stata lei, e tutti la circondarono. Dimenticai che dovevo essere prudente e mi buttai in mezzo come un lampo. Per l'emozione a momenti sfodero il coltello. Sentii che molti, per non dire tutti, mi guardavano. Dissi, beffardo:

«Guardate le mani di questa donna. Vi sembra che possa avere la forza e il coraggio di dare una coltellata così?».

E con aria annoiata, da vero guappo, aggiunsi:

«Chi poteva immaginarsi che il morto, che pare fosse un capo nel suo quartiere, avrebbe fatto una fine così balorda e in un posto morto come questo, dove non succede mai niente, a meno che non capiti qualcuno da fuori per distrarci, che poi si ritrova bell'e pronto per la fossa?».

Nessuno aveva intenzione di cercar rogne.

In quel momento si udì un rumore di cavalli che cresceva nel silenzio. Era la polizia. Tutti, chi più chi meno, avevano le loro buone ragioni per tenersene alla larga, e quindi decisero che la cosa migliore era gettare il morto nel fiume. Vi ricorderete quella lunga finestra attraverso la quale il coltello era passato come un lampo. Anche l'uomo vestito di nero passò di lì. Lo tirarono su in molti e quelle stesse mani lo alleggerirono di tutte le monete e le cianfrusaglie che aveva addosso e qualcuno gli mozzò un dito per fregargli l'anello. Avvoltoi, signor mio, che davano addosso a un povero morto indifeso, dopo che un altro più uomo di loro l'aveva fatto fuori. Una bella spinta e l'acqua vorticosa e indifferente se lo portò via. Non so se gli strapparono le viscere perché non galleggiasse, preferii non guardare. Quello coi baffi grigi non mi toglieva gli occhi di dosso. La Lujanera approfittò della confusione per andarsene via.

Quando gli uomini della legge vennero a dare un'occhiata, il ballo era piuttosto animato. Il cieco del violino sapeva suonare certe habaneras che ormai non si sentono più. Fuori cominciava a far chiaro. Su un pendio, i pali di un recinto sembravano isolati, perché era troppo presto per poter vedere la rete metallica.

Mi avviai tranquillamente verso la mia baracca, che era a tre isolati da lì. Alla finestra brillava una piccola luce, che subito si spense. Giuro che mi misi a correre, quando me ne accorsi. Allora, Borges, tirai di nuovo fuori il coltello corto e affilato che portavo sempre qui, nel gilè, sotto l'ascella sinistra, e lentamente gli diedi un'altra controllata, ed era come nuovo, innocente, senza la minima traccia di sangue.

ECCETERA

A Néstor Ibarra

UN TEOLOGO NELL'ALDILÀ

Gli angeli mi comunicarono che quando Melantone morì gli fu assegnata nell'altro mondo una casa illusoriamente simile a quella che aveva avuto sulla terra. (A quasi tutti i nuovi arrivati nell'eternità accade la stessa cosa ed è per questo che credono di non essere morti). Gli oggetti domestici erano uguali: il tavolo, la scrivania con i suoi cassetti, la biblioteca. Non appena Melantone si svegliò in questo nuovo domicilio, riprese la sua attività letteraria come se non fosse stato un cadavere, e per alcuni giorni scrisse sulla giustificazione per fede. Com'era sua abitudine, non spese una parola sulla carità. Gli angeli notarono questa omissione e inviarono dei messaggeri a interrogarlo. Melantone disse loro: «Ho irrefutabilmente dimostrato che l'anima può prescindere dalla carità e che per entrare in cielo basta la fede». Diceva queste cose con superbia e non sapeva di essere già morto e di non trovarsi affatto in cielo. Allorché gli angeli udirono quel discorso lo abbandonarono.

Di lì a poche settimane, i mobili cominciarono a dissolversi fino a diventare invisibili, tranne la poltrona, il tavolo, i fogli di carta e il calamaio. Le pareti della stanza, inoltre, si macchiarono di calce e il pavimento di vernice gialla. Anche i suoi abiti erano già molto più scadenti. Lui tuttavia continuava a scrivere, ma siccome persisteva nella negazione della carità fu trasferito in uno studio sotterraneo dove c'erano altri teologi come lui. Lì rimase prigioniero per qualche giorno, finché cominciò a dubitare della sua tesi e gli permisero di far ritorno. I suoi abiti erano di pelle non conciata, ma egli si sforzò di credere che si era trattato semplicemente di un'allucinazione e continuò a esaltare la fede e a denigrare la carità. Una sera sentì freddo. Allora fece il giro della casa e scoprì che le altre stanze non corrispondevano più a quelle della sua dimora terrena. Una era piena di strumenti sconosciuti; un'altra era talmente rimpicciolita che era impossibile entrarvi; un'altra ancora non era cambiata, ma le finestre e le porte davano su grandi dune. La stanza in fondo era piena di persone che lo adoravano e gli ripetevano che nessun teologo era sapiente quanto lui. Tale adorazione gli piacque, ma, siccome alcune di quelle persone non avevano volto e altre sembravano morte, finì per averne orrore e diffidarne. Decise allora di scrivere un elogio della carità, ma le pagine scritte oggi risultavano cancellate l'indomani. Questo perché le scriveva senza convinzione.

Riceveva molte visite di gente appena morta, ma si vergognava di riceverle in un alloggio così squallido. Per far credere a costoro che si trovava in cielo, si mise d'accordo con uno degli stregoni della stanza in fondo, e questi li ingannava con simulacri di splendore e di serenità. Non appena i visitatori si ritiravano, e talora anche un po' prima, ricomparivano la miseria e la calce.

Le ultime notizie su Melantone dicono che il mago e uno degli uomini senza volto lo portarono verso le dune e che ora è una specie di servo dei demoni.

(Dal libro *Arcana coelestia*, di Emanuel Swedenborg).

LA CAMERA DELLE STATUE

Anticamente, nel regno degli Andalusi c'era una città in cui risiedettero i suoi re e che si chiamava Lebtit, o Ceuta, o Jaén. In quella città c'era una fortezza con una porta a due battenti che non serviva né per entrare né per uscire: doveva solo rimanere chiusa. Ogni volta che moriva un re e un altro ne ereditava l'augusto trono, questi aggiungeva con le proprie mani una nuova serratura alla porta, finché le serrature non furono ventiquattro, una per ogni re. Accadde allora che un uomo malvagio, che non apparteneva alla casa reale, si impadronì del potere, e anziché aggiungere una nuova serratura volle che le ventiquattro precedenti venissero aperte, per vedere che cosa c'era nella fortezza. Il visir e gli emiri lo supplicarono di non fare una cosa simile, nascosero le chiavi di ferro e gli dissero che aggiungere una serratura era più facile che forzarne ventiquattro, ma lui ripeteva con mirabile astuzia: «Voglio vedere cosa c'è nella fortezza». Gli offrirono allora tutte le ricchezze che riuscirono a radunare, greggi, idoli cristiani, oro e argento, ma lui non volle cedere e aprì la porta con la mano destra (che arderà per sempre). All'interno c'erano Arabi raffigurati in metallo e in legno sui loro veloci cammelli e puledri, con turbanti che ondeggiavano sulla schiena e scimitarre appese ai cinturoni e lance ritte nella mano destra. Quelle figure erano a tutto tondo e proiettavano ombre sul pavimento. Un cieco avrebbe potuto riconoscerle al solo tatto. Le zampe anteriori dei cavalli non toccavano il suolo né vi ricadevano, come se gli animali fossero impennati. Al re quelle splendide figure causarono grande spavento, e ancor più il perfetto ordine e silenzio che in loro si notava, poiché tutte guardavano nella stessa direzione, che era il Ponente, e non si udivano né voci né trombe. Questo c'era nella prima camera della fortezza. Nella seconda si trovava il tavolo di Salomone, figlio di Davide – che siano entrambi salvati! –, intagliato in un unico smeraldo, il cui colore, come si sa, è il verde, e le cui proprietà nascoste sono indescrivibili e autentiche, giacché placa le tempeste, difende la castità di chi lo porta, allontana la dissenteria e gli spiriti malvagi, interviene favorevolmente in una contesa ed è di grande aiuto nei parti.

Nella terza scoprirono due libri: uno era nero e insegnava le virtù dei metalli, dei talismani e dei giorni, come pure la preparazione di veleni e antidoti; l'altro era bianco e non fu possibile decifrarne gli insegnamenti, benché la scrittura fosse chiara. Nella quarta trovarono un mappamondo dov'erano indicati i regni, le città, i mari, i castelli e i pericoli, ognuno col suo vero nome e la forma esatta.

Nella quinta trovarono uno specchio di forma circolare, opera di Solimano, figlio di Davide – che siano entrambi perdonati! –, di grande valore, giacché era fatto con diversi metalli e chi vi si specchiava vedeva il volto dei propri padri e dei propri discendenti, dal primo Adamo fino a coloro che udiranno la Tromba. La sesta era piena di elisir, di cui bastava una stilla per mutare tremila once d'argento in tremila once d'oro. La settima sembrava vuota ed era così lunga che, scagliando una freccia dalla soglia, neppure il più abile degli arcieri sarebbe riuscito a raggiungere il fondo. Sull'ultima parete era incisa una scritta terribile. Il re la esaminò e la comprese. Diceva così: «Se una mano aprirà la porta di questa fortezza, i guerrieri di carne che assomigliano ai guerrieri di metallo dell'ingresso si impadroniranno del regno».

Queste cose accaddero nell'anno 89 dell'Egira. Prima che giungesse al suo termine, Tariq conquistò quella fortezza, sconfisse il re, vendette le sue mogli e i suoi figli e devastò le sue terre. Così gli Arabi dilagarono nel regno di Andalusia, con i suoi fichi e i suoi prati irrigui dove non si soffre la sete. Quanto ai tesori, si dice che Tariq, figlio di Ziyad, li consegnò al suo Califfo suo signore, il quale li custodì in una piramide.

(Dal *Libro delle Mille e una notte*, notte 272)

STORIA DEI DUE CHE SOGNARONO

Lo storico arabo el-Ishaqi riferisce questo fatto:

«Raccontano gli uomini degni di fede (ma solo Allah è onnisciente e potente e misericordioso e non dorme) che visse al Cairo un uomo di grandi ricchezze, ma così magnanimo e prodigo che le perse tutte tranne la casa di suo padre, e che si vide costretto a lavorare per guadagnarsi il pane. Lavorò tanto che una sera il sonno lo colse sotto un fico del suo giardino, e vide in sogno un uomo bagnato fradicio che si toglieva dalla bocca una moneta d'oro e gli diceva: "La tua fortuna è in Persia, a Isfahan; va' a cercarla". L'indomani si svegliò all'alba e intraprese il lungo viaggio e affrontò i pericoli dei deserti, delle navi, dei pirati, degli idolatri, dei fiumi, delle belve e degli uomini. Giunse infine a Isfahan, ma la notte lo sorprese dentro le mura della città ed egli si coricò nel cortile di una moschea. Accanto alla moschea c'era una casa, e per decreto di Dio Onnipotente una banda di ladri attraversò la moschea e penetrò nella casa, e le persone che vi dormivano si svegliarono al rumore dei ladri e invocarono aiuto. Anche i vicini gridarono, finché il capitano delle guardie di quel luogo non accorse con i suoi uomini e i banditi fuggirono per i tetti. Il capitano fece perquisire la moschea. Vi trovarono l'uomo del Cairo, e gli somministrarono una tale dose di vergate con delle canne di bambù che per poco non morì. Di lì a due giorni riprese i sensi in carcere. Il capitano lo mandò a chiamare e gli disse: "Chi sei, e qual è la tua patria?". L'altro dichiarò: "Sono dell'illustre città del Cairo e il mio nome è Mohammed el-Magrebi". Il capitano gli domandò: "Cosa ti ha portato in Persia?". L'altro scelse di dire la verità e spiegò: "Un uomo mi ha ordinato in sogno di venire a Isfahan, perché qui si trovava la mia fortuna. Adesso sono a Isfahan e vedo che la fortuna che mi è stata promessa devono essere le vergate che tanto generosamente mi hai dato".

«Udendo simili parole, il capitano rise fino a mostrare i denti del giudizio e gli disse: "Uomo scervellato e credulone, tre volte ho sognato di una casa nella città del Cairo in fondo alla quale c'è un giardino, e nel giardino una meridiana e dopo la meridiana un fico e dopo il fico una fontana, e sotto la fontana un tesoro. Non ho dato il minimo credito a una simile fandonia. Tu invece, nato da una mula e da un demonio, sei andato errando di città in città, guidato solo dalla fede nel tuo sogno. Non farti rivedere mai più a Isfahan. Prendi queste monete e vattene".

«L'uomo le prese e se ne tornò in patria. Sotto la fontana del suo giardino (che era quella sognata dal capitano) dissotterrò il tesoro. Così Dio lo benedisse e lo ricompensò e lo esaltò. Dio è il Generoso, il Nascosto».

(Dal *Libro delle Mille e una notte*, notte 351)

IL MAGO RIMANDATO

A Santiago c'era un decano che desiderava ardentemente imparare l'arte magica. Sentì dire che don Illán di Toledo ne sapeva più di chiunque altro, e si recò a Toledo per incontrarlo. Il giorno stesso del suo arrivo andò a casa di don Illán e lo trovò intento a leggere in una stanza appartata. Questi lo accolse amabilmente e gli chiese di rinviare a dopo pranzo il motivo di quella visita. Gli indicò una stanza molto fresca e gli disse che si rallegrava della sua venuta. Dopo pranzo il decano gli riferì la ragione di quella visita e lo pregò di insegnargli la scienza magica. Don Illán gli disse che aveva intuito che era un decano, uomo di buona posizione e di grande avvenire, e che temeva di essere poi dimenticato da lui. Il decano gli promise e assicurò che mai avrebbe dimenticato quel favore, e che gliene sarebbe sempre stato obbligato. Sistemata la faccenda, don Illán spiegò che le arti magiche si potevano imparare solo in un luogo appartato, e prendendolo per mano lo condusse in una stanza attigua, sul cui pavimento c'era un grosso anello di ferro. Prima disse alla serva di tener pronte delle pernici per la cena, ma di non farle arrostire finché non gliel'avesse ordinato. Poi sollevarono insieme l'anello e scesero per una scala di pietra accuratamente intagliata, finché al decano non parve di essere sceso al punto da trovarsi ormai sotto il letto del Tago. In fondo alla scala c'erano una cella, una biblioteca e una specie di gabinetto con gli strumenti magici. Mentre guardavano i libri, entrarono due uomini con una lettera per il decano da parte del vescovo, suo zio, in cui gli faceva sapere di essere gravemente ammalato e che se voleva vederlo ancora vivo non doveva indugiare. Queste notizie contrariarono molto il decano, un po' per la malattia dello zio, un po' perché doveva interrompere gli studi. Decise di scrivere una lettera di scuse e la inviò al vescovo. Tre giorni dopo arrivarono degli uomini vestiti a lutto con altre lettere per il decano in cui si diceva che il vescovo era morto, che stavano eleggendo il successore e che per grazia di Dio speravano fosse lui. Dicevano anche che non si disturbasse a venire, perché sembrava loro di gran lunga preferibile che l'elezione avvenisse in sua assenza.

Dieci giorni dopo arrivarono due scudieri sontuosamente vestiti, che si gettarono ai suoi piedi, gli baciarono le mani e lo salutarono vescovo. Quando don Illán vide queste cose, si rivolse con grande gioia al nuovo prelato e gli disse che era grato al Signore che notizie tanto liete giungessero nella sua casa. Poi gli chiese il decanato vacante per uno dei suoi figli. Il vescovo gli fece sapere che aveva riservato il decanato a suo fratello, ma che era deciso a favorirlo e che sarebbero partiti insieme per Santiago. Si recarono tutti e tre a Santiago, dove li accolsero con grandi onori. Sei mesi dopo il vescovo ricevette dei messi del Papa, che gli offriva l'arcivescovato di Tolosa e lasciava a lui la nomina del suo successore. Quando don Illán lo venne a sapere, gli rammentò l'antica promessa e gli chiese il titolo vacante per suo figlio. L'arcivescovo gli fece sapere che aveva riservato il vescovato allo zio, fratello di suo padre, ma che era deciso a favorirlo e che sarebbero partiti insieme per Tolosa. Don Illán non poté che acconsentire. Si recarono tutti e tre a Tolosa, dove li accolsero con grandi onori e messe. Due anni dopo l'arcivescovo ricevette dei messi del Papa, che gli offriva il cappello cardinalizio e lasciava a lui la nomina del suo successore. Quando don Illán lo venne a sapere, gli rammentò l'antica promessa e gli chiese il titolo vacante per suo figlio. Il cardinale gli fece sapere che aveva riservato l'arcivescovato allo zio, fratello di sua madre, ma che era deciso a favorirlo e che sarebbero partiti insieme per Roma. Don Illán non poté che acconsentire. Si recarono tutti e tre a Roma, dove li accolsero con grandi onori, messe e processioni. Quattro anni dopo il Papa morì e il nostro cardinale fu eletto da tutti gli altri al soglio pontificio. Quando don Illán lo venne a sapere, baciò i piedi di Sua Santità, gli rammentò l'antica promessa e gli chiese il cardinalato per suo figlio. Il Papa minacciò di mandarlo in carcere, dicendogli che sapeva bene che era solo un mago e che a Toledo era stato maestro di arti magiche. Il povero don Illán rispose che sarebbe tornato in Spagna e gli chiese qualcosa da mangiare per il viaggio. Il Papa rifiutò. Allora don Illán (il cui viso era ringiovanito in modo strano) disse con voce ferma: « In tal caso dovrò mangiare le pernici che ho ordinato per questa sera ». Comparve la serva e don Illán le ordinò di arrostirle. A queste parole il Papa si ritrovò nella cella sotterranea di Toledo, semplice decano di Santiago, e così pieno di vergogna per la sua ingratitudine che non riusciva a scusarsi. Don Illán disse che quella prova era sufficiente, gli rifiutò la sua parte di pernici e lo accompagnò fino sulla strada, dove gli augurò buon viaggio e lo congedò con grande cortesia.

(Dal *Libro de Patronio* dell'Infante don Juan Manuel, che lo trasse da un libro arabo: *Le quaranta mattine e le quaranta notti*)

LO SPECCHIO D'INCHIOSTRO

La storia sa che il più crudele fra i governatori del Sudan fu Yakub il Dolente, il quale consegnò il suo paese all'iniquità degli esattori egiziani e morì in una stanza del suo palazzo il quattordicesimo giorno della luna di Barmahat, nell'anno 1842. Alcuni insinuano che il mago Abderrahmen el-Masmudi (il cui nome può essere tradotto il Servitore del Misericordioso) lo uccise col pugnale o col veleno, ma una morte naturale è più verosimile – visto che lo chiamavano il Dolente. Il capitano Richard Francis Burton, che conversò con questo mago nell'anno 1853, racconta tuttavia che costui gli riferì quanto trascrivo:

«È vero che conobbi la prigionia nell'alcazar di Yakub il Dolente, in seguito alla cospirazione ordita da mio fratello Ibrahim col perfido e vano aiuto dei capi negri del Kordofan, che lo denunciarono. Mio fratello perì di spada, sulla pelle di sangue della giustizia, ma io mi gettai agli aborriti piedi del Dolente e gli dissi che ero un mago e che se mi avesse fatto grazia della vita gli avrei mostrato forme e apparenze ancor più meravigliose di quelle del *fanusi jiyal* (la lanterna magica). L'oppressore pretese una prova immediata. Io chiesi una penna di canna, un paio di forbici, un grande foglio di carta veneziana, un corno pieno d'inchiostro, un braciere, qualche seme di coriandolo e un'oncia di benzoino. Tagliai il foglio in sei strisce, scrissi talismani e invocazioni sulle prime cinque, e sull'ultima le parole che si trovano nel glorioso Corano: "Abbiamo scostato il tuo velo, e la vista dei tuoi occhi è penetrante". Poi disegnai un quadrato magico sulla mano destra di Yakub, gli chiesi di chiuderla a coppa e versai un cerchio d'inchiostro nel mezzo. Gli domandai se vedesse con chiarezza la sua immagine riflessa nel cerchio e lui rispose di sì. Gli dissi di non alzare lo sguardo. Diedi fuoco al benzoino e al coriandolo e bruciai le invocazioni nel braciere. Gli chiesi di dirmi quale immagine desiderasse vedere. Ci pensò un po' e rispose: un cavallo selvaggio, il più bello che pascolasse nei prati ai confini del deserto. Guardò e vide il prato verde e tranquillo e poi un cavallo che si avvicinava, agile come un leopardo e con una stella bianca sulla fronte. Mi chiese una mandria di cavalli, perfetti come il primo, e vide all'orizzonte una grande nuvola di polvere e poi la mandria. Capii che la mia vita era salva.

«Al sorgere del sole due soldati entravano nella mia cella e mi conducevano nella stanza del Dolente, dove già mi attendevano l'incenso, il braciere e l'inchiostro. Continuò così a chiedere e io a mostrargli tutte le apparenze del mondo. Quell'uomo morto che aborro tenne nella sua mano tutto ciò che hanno visto gli uomini morti e tutto ciò che vedono i vivi: le città, i climi e i regni in cui si divide la terra, i tesori nascosti nel suo centro, le navi che solcano il mare, gli strumenti della guerra, della musica e della chirurgia, le donne incantevoli, le stelle fisse e i pianeti, i colori che gli infedeli usano per dipingere i loro abominevoli quadri, i minerali e le piante con i segreti e le virtù che racchiudono, gli angeli d'argento il cui alimento è l'elogio e la giustificazione del Signore, la distribuzione dei premi nelle scuole, le statue di uccelli e di re che si trovano nel cuore delle piramidi, l'ombra proiettata dal toro che sorregge la terra e dal pesce che sta sotto il toro, i deserti di Dio il Misericordioso. Vide cose impossibili da descrivere, come le vie illuminate a gas e la balena che muore quando sente il grido dell'uomo. Una volta mi ordinò di mostrargli la città che si chiama Europa. Gli mostrai la sua strada principale, e credo che fu proprio in quell'immenso fiume di uomini, tutti vestiti di nero e molti con gli occhiali, che vide per la prima volta il Mascherato.

«Quella figura, talora in costume sudanese, talora in uniforme, ma sempre con un panno sul viso, si insinuò da quel momento nelle visioni. Era immancabile e non potevamo fare congetture sulla sua identità. Ma le apparenze dello specchio d'inchiostro, inizialmente fuggevoli o immobili, erano adesso più complesse; eseguivano senza indugio i miei ordini e il tiranno distingueva tutto nitidamente. Certo è che rimanevamo entrambi spossati. Il carattere atroce delle scene era un'altra fonte di stanchezza. Si trattava sempre di castighi, forche, mutilazioni, piaceri del carnefice e del crudele.

«Giungemmo così all'alba del quattordicesimo giorno della luna di Barmahat. Il cerchio d'inchiostro era stato versato nella mano, il benzoino gettato nel braciere, le invocazioni bruciate. Eravamo soli, lui ed io. Il Dolente mi chiese di mostrargli un castigo giusto e inappellabile, perché il suo cuore, quel giorno, desiderava vedere una morte. Gli mostrai i soldati col tamburo, la pelle di vitello tesa, il pubblico felice di guardare, il carnefice con la spada della giustizia. Nel vederlo si stupì e mi disse: "È Abu Kir, colui che giustiziò tuo fratello Ibrahim, colui che metterà fine al tuo destino quando sarò in possesso della scienza necessaria per convocare queste figure senza il tuo aiuto". Mi chiese di mostrargli il condannato. Quando glielo condussero davanti si turbò, perché era il misterioso uomo dal velo bianco. E volle che prima di ucciderlo gli togliessero la maschera. Io mi gettai ai suoi piedi e dissi: "Oh, re del tempo, sostanza e somma del secolo, questa figura non è come le altre, perché non conosciamo il suo nome, né quello dei suoi padri, né quello della città che gli ha dato i natali, sicché io non oso toccarla, per non macchiarmi di una colpa di cui dovrò rendere conto". Il Dolente si mise a ridere e giurò che, se colpa c'era, se la sarebbe addossata. Lo giurò sulla sua spada e sul Corano. Allora ordinai che spogliassero il condannato e lo legassero sulla pelle di vitello tesa e che gli strappassero la maschera. Così fu fatto. E gli occhi atterriti di Yakub poterono infine vedere quel volto – che era il suo stesso volto. Fu pervaso da paura e follia. Gli strinsi la mano destra tremante con la mia che era salda e gli ordinai di continuare a guardare la cerimonia della sua morte. Era posseduto dallo specchio: non tentò neppure di alzare lo sguardo o di rovesciare l'inchiostro. Quando nella visione la spada si abbatté sulla testa colpevole, gemette con una voce che non mi mosse a pietà, e crollò a terra morto.

«Sia gloria a Colui che non muore e che tiene nella sua mano le due chiavi dell'illimitato Perdono e dell'infinito Castigo».

(Dal libro *The Lake Regions of Equatorial Africa*, di R.F. Burton)

UN DOPPIO DI MAOMETTO

Poiché nella mente dei musulmani l'idea di Maometto e quella della religione sono indissolubilmente unite, il Signore ha ordinato che in Cielo a guidarli vi sia sempre uno spirito che svolge il ruolo di Maometto. Questo delegato non è sempre lo stesso. Un cittadino di Sassonia, che in vita fu fatto prigioniero dagli algerini e si convertì all'Islam, ricoprì una volta questo incarico. Poiché era stato cristiano, parlò loro di Gesù e disse che non era il figlio di Giuseppe, ma il figlio di Dio; dovettero sostituirlo. La posizione di questo Maometto rappresentativo è segnalata da una torcia, visibile solo ai musulmani.

Il vero Maometto, che redasse il Corano, non è più visibile ai suoi adepti. Mi hanno detto che all'inizio li guidava, ma che poi volle dominarli e venne esiliato nel Sud. Una comunità di musulmani fu istigata dai demoni a riconoscere Maometto come Dio. Per sedare i disordini, Maometto venne tirato fuori dall'inferno ed esibito. Fu in quell'occasione che lo vidi. Assomigliava agli spiriti corporei che non hanno percezione interiore, e il suo viso era molto scuro. Riuscì ad articolare le parole: «Io sono il vostro Maometto» e immediatamente sprofondò.

(Da *Vera Christiana Religio* [1771], di Emanuel Swedenborg)

INDICE DELLE FONTI

L'ATROCE REDENTORE LAZARUS MORELL
Life on the Mississippi, di Mark Twain, New York, 1883.
Mark Twain's America, di Bernard Devoto, Boston, 1932.

L'IMPOSTORE INVEROSIMILE TOM CASTRO
The History of Piracy, di Philip Gosse, London, Cambridge, 1911.

LA VEDOVA CHING, PIRATESSA
The History of Piracy, di Philip Gosse, London, 1932.

IL FORNITORE DI INIQUITÀ MONK EASTMAN
The Gangs of New York, di Herbert Asbury, New York, 1927.

L'ASSASSINO DISINTERESSATO BILL HARRIGAN
A Century of Gunmen, di Frederick Watson, London, 1931.
The Saga of Billy the Kid, di Walter Noble Burns, New York, 1925.

L'INCIVILE MAESTRO DI CERIMONIE KOTSUKE NO SUKE
Tales of Old Japan, di A.B. Mitford, London, 1912.

IL TINTORE MASCHERATO HAKIM DI MERV
A History of Persia, di Sir Percy Sykes, London, 1915.
Die Vernichtung der Rose. Nach dem arabischen Urtext übertragen von Alexander Schulz, Leipzig, 1927.

NOTA AL TESTO

La *Nota al testo* è ricavata dall'apparato delle *Oeuvres complètes* di Borges nella «Bibliothèque de la Pléiade», a cura di Jean-Pierre Bernès, vol. I, Gallimard, Paris, 1993.

La genesi della *Storia universale dell'infamia*, apparsa per la prima volta a Buenos Aires, presso Tor, nel luglio del 1935, è strettamente legata alla nascita (1933) del supplemento letterario «Revista multicolor de los sábados», distribuito gratuitamente agli acquirenti di «Crítica», il quotidiano argentino più popolare dell'epoca. In qualità di caporedattore Borges collabora alla rivista sin dal primo numero (12 agosto), pubblicandovi – a partire da *L'atroce redentore Lazarus Morell* – la quasi totalità dei testi che comporranno, con minime varianti, la *Storia*. Al di là delle fonti esplicitamente additate dallo stesso autore nella Prefazione del 1935 (Stevenson, Chesterton, i primi film di Sternberg, «una certa biografia» di Evaristo Carriego), questi «esercizi di prosa narrativa» rivelano un profondo debito, solo tardivamente ammesso, nei confronti delle *Vies imaginaires* di Marcel Schwob, che nel 1986 Borges includerà nella sua «Biblioteca personal», dichiarando nella Prefazione: «Intorno al 1935 scrissi un libro pieno di candore che s'intitolava *Storia universale del-*

l'infamia. Una delle numerose fonti non ancora segnalate dalla critica fu il libro di Marcel Schwob».
La presente traduzione è condotta sul testo delle *Obras completas*, vol. I, Emecé, Buenos Aires, 1989, pp. 287-345.

L'ATROCE REDENTORE LAZARUS MORELL

Apparso nel primo numero della «Revista multicolor de los sábados», 12 agosto 1933, p. 1. Il tema è derivato essenzialmente da Mark Twain, ma Borges ebbe presente anche lo «splendido libro lucido e appassionato» di Bernard Devoto (vedi l'Indice delle fonti).

L'IMPOSTORE INVEROSIMILE TOM CASTRO

Apparso sulla «Revista multicolor de los sábados», 8, 30 settembre 1933, p. 1.

LA VEDOVA CHING, PIRATESSA

Apparso sulla «Revista multicolor de los sábados», 3, 26 agosto 1933, p. 3.

IL FORNITORE DI INIQUITÀ MONK EASTMAN

Apparso sulla «Revista multicolor de los sábados», 2, 19 agosto 1933, p. 7.

L'ASSASSINO DISINTERESSATO BILL HARRIGAN

A differenza delle precedenti, questa biografia non apparve sulla «Revista multicolor de los sábados».

L'INCIVILE MAESTRO DI CERIMONIE KOTSUKE NO SUKE

Apparso sulla «Revista multicolor de los sábados», 18, 9 dicembre 1933, p. 8.

IL TINTORE MASCHERATO HAKIM DI MERV

Apparso sulla «Revista multicolor de los sábados», 4, 20 gennaio 1934, p. 6. La prima delle fonti indicate da Borges – *A History of Persia* di Sir Percy Sykes – si sofferma brevemente sul Profeta Velato del Khorasan, ma fornisce della sua fine una versione differente. Dietro l'autore della seconda fonte, Alexander Schulz, si cela con ogni evidenza un amico argentino – ma di origine tedesca – di Borges, Alejandro Schultz, ovvero Xul Solar.

UOMO ALL'ANGOLO DELLA CASA ROSA

Apparso sulla «Revista multicolor de los sábados», 6, 16 settembre 1933, p. 7.

ECCETERA

Un teologo nell'aldilà

Apparso sulla «Revista multicolor de los sábados», 46, 22 giugno 1934, p. 2. Borges indica come fonte l'*Arcana coelestia* di Swedenborg, ma il testo ricalca da vicino il *De vera religione*, par. 797, dello stesso autore.

La camera delle statue

Apparso sulla «Revista multicolor de los sábados», 17, 12 dicembre 1933, p. 5, come traduzione di un testo arabo del XII secolo. Si tratta in effetti di un adattamento delle notti 271 e 272 delle *Mille e una notte* (secondo la numerazione del loro traduttore inglese Richard F. Burton).

Storia dei due che sognarono

Apparso sulla «Revista multicolor de los sábados», 46, 22 giugno 1934, p. 2, è anch'esso derivato da un episodio delle *Mille e una notte*, notti 351 e 352 (sempre secondo la numerazione Burton).

Il mago rimandato

Benché Borges indichi come fonte l'esempio XI del *Libro de Patronio y del conde Lucanor*, all'epoca della stesura del testo il racconto gli era noto soltanto per via indiretta: «L'ho sentito raccontare da mio padre. Più tardi l'ho letto nel libro dell'infante don Juan Manuel, ed era stato riscritto da Azorin. Ci sono due versioni simili di questo racconto, quella di Azorin e la mia. Abbiamo modificato solo dei particolari. Mio padre raccontava questa storia e la chiamava "il racconto delle pernici"».

Lo specchio d'inchiostro

Apparso sulla «Revista multicolor de los sábados», 8, 30 settembre 1933, p. 3. Il riferimento falsamente puntuale all'opera di Burton risponde da un lato all'esigenza di indicare, nella sede giornalistica in cui vide la luce la prima edizione, la provenienza del racconto, dall'altro al desiderio di burlarsi delle fonti, che, proprio in virtù di questo inganno, diventano un ulteriore elemento della creazione letteraria.

Un doppio di Maometto

Il racconto è stato incluso nell'edizione del 1954 della *Storia universale dell'infamia* insieme ad altri due, *El enemigo generoso* e *Del rigor de la ciecia*, poi espunti dall'edizione delle *Opere complete* del 1974.

FINITO DI STAMPARE NELL'OTTOBRE 1997 IN AZZATE
DAL CONSORZIO ARTIGIANO « L.V.G. »

Printed in Italy

BIBLIOTECA ADELPHI

ULTIMI VOLUMI PUBBLICATI:
255. Gottfried Benn, *Lo smalto sul nulla*
256. Jonathan D. Spence, *L'enigma di Hu*
257. Georges Simenon, *La Marie del porto* (3ª ediz.)
258. Benedetto Croce, *I teatri di Napoli*
259. Vladimir Nabokov, *La vera vita di Sebastian Knight*
260. Giorgio Manganelli, *Il presepio* (2ª ediz.)
261. Rudolf Borchardt, *Il giardiniere appassionato*
262. Giovanni Macchia, *Il teatro delle passioni*
263. Alberto Savinio, *Achille innamorato*
264. Simone Weil, *Quaderni, IV*
265. Tommaso Landolfi, *Un amore del nostro tempo*
266. Ingeborg Bachmann, *Letteratura come utopia*
267. Zbigniew Herbert, *Rapporto dalla Città assediata*
268. Flann O'Brien, *Una pinta d'inchiostro irlandese* (3ª ediz.)
269. Mark Twain, *In cerca di guai*
270. Johannes Urzidil, *Trittico praghese*
271. Robert Byron, *La via per l'Oxiana* (6ª ediz.)
272. Giorgio Manganelli, *Nuovo commento*
273. Kālidāsa, *Il riconoscimento di Śakuntalā*
274. Alberto Arbasino, *Fratelli d'Italia*
275. Elias Canetti, *La tortura delle mosche* (2ª ediz.)
276. Hugo von Hofmannsthal - Richard Strauss, *Epistolario*
277. Georges Simenon, *La vedova Couderc* (2ª ediz.)
278. Vladimir Nabokov, *Lolita*
279. Fernando Pessoa, *Poesie di Álvaro de Campos* (2ª ediz.)
280. Nikolaj Leskov, *Il viaggiatore incantato* (4ª ediz.)
281. Elémire Zolla, *Lo stupore infantile* (3ª ediz.)
282. Tommaso Landolfi, *Ombre*
283. Ludvig Holberg, *Il viaggio sotterraneo di Niels Klim*
284. W.B. Yeats, *Autobiografie*
285. Benedetto Croce, *La Poesia*
286. Giorgio Manganelli, *Il rumore sottile della prosa*
287. Nina Berberova, *Le feste di Billancourt*
288. Alexander Lernet-Holenia, *L'uomo col cappello* (2ª ediz.)
289. Paul Valéry, *Sguardi sul mondo attuale*
290. Georges Simenon, *Il borgomastro di Furnes* (2ª ediz.)
291. Alfred Polgar, *Piccole storie senza morale*
292. Milan Kundera, *I testamenti traditi* (2ª ediz.)
293. Ernst Jünger, *Il libro dell'orologio a polvere*
294. Vladimir Nabokov, *Intransigenze*
295. Giambattista Basile, *Il racconto dei racconti*
296. C.S. Lewis, *Perelandra*
297. Joseph Roth, *I cento giorni*
298. Varlam Šalamov, *I racconti della Kolyma*

299. Sergio Quinzio, *Mysterium iniquitatis* (2ª ediz.)
300. Silvio D'Arzo, *All'insegna del Buon Corsiero* (2ª ediz.)
301. Tommaso Landolfi, *Racconto d'autunno*
302. Serena Vitale, *Il bottone di Puškin* (3ª ediz.)
303. Palinuro, *La tomba inquieta*
304. Flann O'Brien, *L'archivio di Dalkey*
305. Oliver Sacks, *Un antropologo su Marte*
306. Madame de Staal-Delaunay, *Memorie*
307. E.M. Cioran, *La caduta nel tempo* (3ª ediz.)
308. Giorgio Manganelli, *Centuria*
309. Richard Cobb, *Tour de France*
310. Apollodoro, *Biblioteca*
311. Rudolf Borchardt, *L'amante indegno*
312. Georges Simenon, *La morte di Belle* (4ª ediz.)
313. Joseph Roth, *Museo delle cere*
314. Louis Ginzberg, *Le leggende degli ebrei, I*
315. Mario Praz, *La casa della vita* (3ª ediz.)
316. Evelyn Waugh, *Quando viaggiare era un piacere* (2ª ediz.)
317. *La grande razzia* [*Táin Bó Cúailnge*]
318. T.E. Lawrence, *Lo stampo*
319. Adrien Baillet, *Vita di Monsieur Descartes*
320. Alberto Arbasino, *L'Anonimo lombardo*
321. Bruce Chatwin, *Anatomia dell'irrequietezza* (6ª ediz.)
322. Georges Simenon, *Turista da banane* (3ª ediz.)
323. Eliano, *Storie varie*
324. Arthur Schnitzler, *La piccola commedia*
325. Roberto Calasso, *Ka*
326. Giorgio Manganelli, *La notte*
327. Vladimir Nabokov, *Re, donna, fante*
328. E.M. Cioran, *Sommario di decomposizione* (2ª ediz.)
329. Andrej Platonov, *Mosca felice*
330. Elias Canetti, *La rapidità dello spirito* (2ª ediz.)
331. Iosif Brodskij, *Poesie italiane*
332. *La cena segreta. Trattati e rituali catari*, a cura di F. Zambon
333. Nina Berberova, *Dove non si parla d'amore*
334. Vladislav Vančura, *Il cavalier bandito e la sposa del cielo*
335. Thomas Mann, *Considerazioni di un impolitico* (2ª ediz.)
336. Oliver Sacks, *L'isola dei senza colore* (2ª ediz.)
337. Leo Frobenius, *Fiabe del Kordofan*
338. Georges Simenon, *I fantasmi del cappellaio* (3ª ediz.)
339. Jean Genet, *Il funambolo*
340. Bert Hölldobler - Edward O. Wilson, *Formiche*
341. Robert McAlmon, *Vita da geni*
342. James Hillman, *Il codice dell'anima*
343. Ernst Jünger, *Foglie e pietre*
344. Novalis, *Enrico di Ofterdingen*
345. W.H. Auden, *Un altro tempo*
346. Louis Ginzberg, *Le leggende degli ebrei, II*
347. Jorge Luis Borges, *Storia dell'eternità*